D1668514

Das Haus an der Brücke

Bibliothek der Böhmischen Länder

Fritz Beer
Das Haus an der Brücke

Erzählungen

Mit einem Nachwort herausgegeben
von Christoph Haacker

Inhalt

Das Haus an der Brücke − 7
François und Rosette − 30
Im Morgengrauen − 34
St. Augustin − 38
Zehn Minuten − 44
Der farbige Soldat − 49
In der Fünften Kolonne − 57
Der Preis des Friedens − 64
Nächtliche Stadt auf dem Rückzug − 76
Der Beweis − 87
Die Heimkehr − 92
Einfache Leute − 101
Ein langer Tag − 115
Ein Abend in Paris − 135
Lücken zwischen den Namen − 152

Nachwort − 159
Text- und Bildnachweise − 182
Bildnachweis − 183
Danksagung − 183

Das Haus an der Brücke

Kann eine Landschaft ein Schicksal tragen, voll Zeichen und Bedeutungen, dem ihre Menschen gnadenlos verfallen müssen?

War es in diesem engen Hochtal der Auvrac, unter dem unbarmherzig blauen Himmel über den Weingärten, in diesem Dorngestrüpp der Kalkfelsen über dem Städtchen, in dem unsere Kompagnie in Garnison lag, war es hier unausweichlich, daß ein Leben zwischen dem Haus an der Brücke und dem Wachtturm Napoleons auf dem Kapellenberg aufflammen und verlöschen mußte?

Soll ich die Pfingstrosen fragen, die eine Frau – wenn diese Erzählung zu Ende ist – auf ein ungeschmücktes frisches Grab legen wird, auf dessen Holzkreuz »Ladislaus Hendrych« steht und der Tag des Todes, aber kein Tag der Geburt?

Oder wird es uns der graue Stein erzählen, aus dem der hohe Bogen der Brücke über die Auvrac errichtet ist, die hier tief ins Tal schneidet und in deren aufgestautem Wasser sich das Haus an der Brücke spiegelt, sein wunderlicher Garten und eine ferne, einsame Frau?

Wenn die Schatten des Tales noch zart über den Gärten und Menschen liegen, zeugen sie Liebe. Ladislaus Hendrychs Verhängnis war, daß in den wenigen Tagen, wenn im Tal der Auvrac der Frühling verblüht ist und der Sommer noch nicht seinen Weg durchs Tal gebrannt hat, die heiße Sonne so schnell und jäh auf die Schatten der Liebe folgt, daß sie die zögernd entblößten Menschen versengt.

Über Hendrychs Leben, bevor er in unsere Kompagnie verschlagen wurde, ist nicht viel bekannt. Manchmal erzählte er von einer großen Schlackenhalde, neben der das Haus seiner Kindheit lag, daß er sich an viel Schläge und viel Hunger erinnern konnte, aber an keine Mutter. Und daß er, noch halb-wüchsig, von zuhause weglief, um nicht Kohle hauen zu müssen wie sein Vater und alle Väter vor ihm.

Hendrych lebte in seinen Händen. Es gab keine Arbeit, die Hände verrichten konnten und die Hendrych nicht schneller, besser und leichter verrichtet hätte. Er konnte Holzpantinen schnitzen und war der beste Schütze, er fing Forellen mit der Hand und hantierte mit dem schweren Maschinengewehr wie mit einem Federkiel. Wenn wir Schützengräben bauten, begann er später als wir, arbeitete dann wie ein dampfgetriebener Bagger; seine Hände, Arme, Füße, sein ganzer Körper stieß, drückte, hob und warf den Spaten. Und wenn er dann, lange vor uns, fertig war, sah er uns aus seinen kleinen, halbgeschlossenen Augen blinzelnd zu. Wir glaubten, er lache uns aus. Aber man konnte ihm nie in die Augen sehen. Und er schwieg.

Hendrych hatte nicht Lesen oder Schreiben gelernt. Und er konnte deswegen nicht in die Unteroffiziersschule geschickt werden. Aber er wußte über jede Waffe besser Bescheid als seine Vorgesetzten, die die Instruktionsbücher studierten. Wenn er mit verbundenen Augen ein Maschinengewehr aus seinen Bestandteilen zusammensetzte, so war nicht seine Schnelligkeit so erstaunlich, sondern die Sicherheit, mit der seine Hände, ohne für den Bruchteil einer Sekunde zu zögern, jeden Bestandteil erkannten, kaum daß sie ihn ergriffen hatten. Als ob seine Hände Augen hatten.

Sein großer Wunsch war, Unteroffizier zu werden und anderen befehlen zu dürfen. Aber die Jungen aus der Unteroffiziersschule mußten zuerst befördert werden. Hendrych mußte warten. Einmal sagte er vor uns: »Ich kann warten«. Es klang wie eine Drohung.

Er hatte ein eigenartiges Verhältnis zu Tieren. Jeden Mittag brachte er aus der Küche einen Kübel mit Abfällen und fütterte die herrenlosen, in der Stadt umherstrolchenden Hunde. Wenn sie fraßen, sah er ihnen aus halbgeschlossenen Augen zu. Manchmal streichelte er einen. Er streute Krumen für die Vögel im Garten neben unserer Scheune; der Gaul des Bauern, bei dem wir einquartiert waren, drehte den Kopf um, wenn Hendrych in den Stall kam. Viele glaubten, Hendrych liebe Tiere. Aber ich habe ihn einen Hund prügeln sehen, seinen Lieblingshund, der die fettesten Bissen bekam und die meisten Schläge. Der Hund weinte und Hendrych sagte: »Ich werde dich noch mehr prügeln«.

Die Offiziere verwöhnten Hendrych, weil er ein so guter Soldat war. Sie gaben ihm Geld, für gute Leistungen, und Zigaretten, und sie sahen ihm nach, was sie anderen nicht durchgehen ließen. Und eines Tages beförderten sie ihn zum Gefreiten.

Damals habe ich zum erstenmal für einen Augenblick Hendrych in die Augen gesehen. Es war an dem Abend, an dem sie im Tagesbefehl seine Beförderung verlesen hatten. Er saß vor dem Tor und steckte die kleinen Metallknöpfe, das Abzeichen seiner neuen Würde, auf die Achselstücke seiner Bluse. Er pfiff vor sich hin, polierte die Knöpfe mit seinem Hemdärmel, zog die Bluse an und beschaute sich in einem Taschenspiegel. Dann nahm er die Katze auf den Schoß, die wir in der Scheune hielten, um die Mäuse von unserem Brot wegzuhalten. Das Tier legte sich zutraulich in seinen Schoß und schnurrte unter seinen freundlichen Händen.

Hendrychs Gesicht war in die Ferne gerichtet, seine Züge waren angespannt, als ob er einer Erscheinung nachblickte, die sich ihm immer wieder entzog. Seine Hände streichelten mechanisch das kleine Tier in seinem Schoß.

Und diese Hände waren es, die meinen Blick gebannt hielten. Zuerst strichen sie leicht und lose über das seidige Fell des Tieres. Dann wurden die Bewegungen krampfhaft und starr, die Finger waren auseinandergespreizt und angespannt, wie von einem Magnet angezogen schlossen sich die Handteller immer fester um das kleine Tier zusammen, das zu schreien begann und sich dem würgenden Käfig der Hände zu entwinden versuchte. Jetzt wurden Hendrychs Bewegungen unregelmäßig und verzerrt, zum erstenmal sah ich Hendrychs Hände zittern, und auch die Arme, die er jetzt ausgestreckt vor sich hin hielt, das kreischende Tier in den klobigen, derben Händen, die sich nun über dem seidigen Fell zu schließen begannen, mit einem unmerklichen, jähen Druck, so wie man eine Nuß aufbricht, leise und während er den Atem anhielt, so daß ich das leichte Knacken der zierlichen Knochen hören konnte und den kleinen, erbärmlichen letzten Laut des Tieres.

Ich weiß nicht, warum ich nicht aufsprang, um ihn daran zu hindern. Warum ich ihn nicht anrief, obwohl ich wußte, daß ein Ruf genügen würde, um ihn aus dem Bann zu wecken. Aber so unheimlich war die Schwere, die seine Hände ausbreiteten, als ob jemand die Luft über uns zusammengepreßt hätte und der Himmel nun niedriger hing, – daß ich nur mit Mühe aufstehen und auf unsicheren Füßen zu Hendrych hingehen konnte. Er hatte meine Anwesenheit vergessen. Als ich ihn ansprach, schreckte er auf, versteckte die Hand mit dem toten Tier hinter seinem Rücken und sah mich mit aufgerissenen Augen an.

Da sah ich zum erstenmal in Hendrychs offene Augen.

Heute, wo Hendrych und sein Ende nur noch eine Erinnerung sind, weiß ich, daß in diesen Augen schon damals alles bestimmt war. Alle Bestialität und alle Hilflosigkeit. Aber damals sah ich in seinen Augen nur das Tier.

Hendrych durfte nun befehlen. Er war tückisch, hinterlistig, unkameradschaftlich, er bückte sich nach oben und stieß nach unten. Aber in dem wilden, aus allen Ländern zusammengewürfelten Haufen, der unsere Kompagnie ausmachte, wo alle Autorität und Disziplin durch die erbärmlichen, unmilitärischen Verhältnisse untergraben wurde, in denen wir, eine fremdländische Armee auf französischem Boden, leben mußten, wäre auch Hendrychs Ankunft auf der niedersten Stufe der militärischen Rangordnung nur ein neuer Stein in einem schon längst in Unordnung geratenen Mosaik gewesen, wenn nicht drei Ereignisse die Welt dieses kleinen, heimatlosen Soldaten verwirrt hätten. Die drei Ereignisse waren die Ankunft des Frühlings,

Leutnant Frischers und von zwanzig dunkelblauen, abgelegten Postbeamten-Blusen im Kleider-Magazin der Kompagnie.

Zuerst kam der Frühling mit allen seinen Folgen. Madame Barbasse stellte in ihrem Etablissement eine weitere Kraft an, von der auch ausgiebig Gebrauch gemacht wurde. Aber es gab doch viele Soldaten, die sich nicht entschließen konnten, den Sold von dreißig Tagen zu Madame Barbasse zu tragen, obwohl über die sinnlichen Qualitäten der jungen Damen in ihrem Haus unter den Soldaten viele detaillierte Schilderungen bekannt wurden. So töricht werden im Frühling die Herzen, selbst von Soldaten in einem fremden Land, daß sich manche nach einer reinen, schlichten Liebe sehnten. Nach einer richtigen, guten Frau, wie sie sie zuhause hatten gewinnen können, als sie noch etwas waren, mit Geld in der Tasche, und abends ausgehen konnten wohin und wie lange sie wollten.

Denn hier, wo sie nur Soldaten waren, und fremdländische zudem, mit zehn Sous Sold im Tag und schäbigen, zerrissenen Uniformen, enthüllte selbst Gott Cupid ein Klassenvorurteil gegen ihre Armut. Und so gab es auch in den Beziehungen, die der junge Frühling zwischen dem einheimischen und dem nichtzivilen Teil der Bevölkerung vermittelt hatte, eine strenge und nur in wenigen Fällen durchbrochene Klassenordnung. Da die Armut nichts besitzt als ihre Tugend oder weil – wie Poliakov es sagen würde, der selbst noch in unserer schmutzigen Scheune Bücher liest –, weil die Armen so eng beisammen wohnen, daß kein Spielraum für die kapriziösen Einfälle des Frühlings bleibt, stand den einfachen Soldaten meist nur das Etablissement von Madame Barbasse offen oder ein einsamer Spaziergang durch die Blütenpracht des Kapellenberges, mit sehnsüchtigen Gedanken nach Heim, Wärme, Sauberkeit und weichen Händen, die einem gut wollen. Während die Offiziere … aber vielleicht sah das nur die Eifersucht der Soldaten so.

Leutnant Frischer traf ein paar Tage später als der Frühling ein. Er war groß, stark, sein Gesicht hatte rosige Kinderwangen und er brüllte nicht. Das war ungewöhnlich. Jedermann brüllte.

Jeder Befehl war eine Drohung und jede Anordnung ein Verweis. Man gehorchte so wenig und so schlecht, daß Gebrüll selbst für die einfachsten Verrichtungen unerläßlich schien. Und da kam Leutnant Frischer in unsere Kompagnie und lachte. Vielleicht war ihm alles gleichgültig, diese ganze sinnlose Hierarchie von abgestuften Würden, der altmodische Drill aus einem vergangenen Krieg und dieser menschlich und politisch zerklüftete Haufen, der unsere Armee ausmachte. Vielleicht konnte er auch lachen, weil er so bärenhaft stark war.

Leutnant Frischer wurde Kommandant unseres Zuges, der als der schwierigste galt. Eine Art von Strafabteilung, in die man versetzt wurde, wenn man zu häufig beim Stehlen ertappt wurde oder über den Krieg und die Regierung andere Ansichten hatte oder überhaupt Ansichten hatte. Und Leutnant Frischer lachte über alles, ein kleines, gutmütiges Lachen. Über den Phantasten Martin, der die Kirschbäume wachsen hörte, über Monsieur Stein und seine gastronomischen Eskapaden, über Ambroz, der allein in unserem Städtchen die Klassenordnung der außerehelichen Beziehungen durchbrochen hatte, über Bejbar, in dessen Bewußtsein Klassenkampf und Revolution ein täglich neues Duell gegen die korrumpierenden Kochkünste Monsieur Steins zu führen hatten; über François, den rohesten Jungen unserer Kompagnie, und Hendrych, den stärksten. Über Poliakov, den Musiker, über mich und die anderen.

Die zwanzig blauen Blusen waren abgelegte Briefträger-Uniformen. Auf den hellen Blechknöpfen war noch das Posthorn zu sehen. Die meisten von uns trugen geflickten Drillich, der aus den Gefangenenlagern des letzten Krieges übrig geblieben war. Der Drillich war in den Magazinen vermodert und riß in den Nähten und Flicken. Er sah immer schmutzig aus und man konnte ihn nicht häufig waschen, weil er sonst zerfiel.

Wir sahen wie Sträflinge aus. Und viele fühlten sich auch so. Konnte man in Lumpen ein Mädchen fragen: »Heute abend, auf dem Kapellenberg?«

Deshalb gab es auch so ein Aufsehen, als die ersten Blusen auf dem abendlichen Bummel auf dem kleinen Marktplatz auftauchten. Die Mädchen sahen sich nach ihnen um, und das ist überall noch immer der beste Maßstab für die Qualität einer Uniform.

Aber es war nicht leicht, so eine Bluse zu bekommen. Nur zwanzig waren für die ganze Kompagnie angekommen. Vielleicht ein Dutzend waren bisher ausgegeben worden. An Glückliche und an solche, die dem Glück nachhelfen konnten. Die anderen gingen weiter in ihrem geflickten Drillich. Nur in meinem Zug konnte jeder einmal eine blaue Bluse tragen. Schon als sich das Gerücht verbreitet hatte, daß sie ankommen sollten, wußte jeder, wer die erste bekommen würde. Neidlos war sie ihm als Tribut für seine außerordentlichen Leistungen zugesprochen worden, noch ehe sie da war. Und so vermietete Ambroz seine Postmeisteruniform, wenn er nicht selbst den Kapellenberg oder andere Gefilde seiner geschäftigen Sinnlichkeit besuchte. Ein Frank für einen Abend. Das waren zwei Tage Sold. Der Preis galt allgemein als angemessen. Nur daß Ambroz nicht auf Kredit liefern wollte, wurde als hart empfunden.

Jedes dieser drei Ereignisse war ein Fingerzeig für den Eigensinn, mit dem Gott die Menschen und Dinge zusammenwürfelt, um ein kleines, kümmerliches Schicksal aus seiner Alltäglichkeit zu heben. Aber aller Eigensinn Gottes hätte nichts vermocht, wenn Ladislaus Hendrych in jenem Augenblick, als er zum Gefreiten ernannt worden war und vor dem Tor unserer Scheune ein hilfloses Kätzchen in seinem Schoß schnurrte, nicht eine Vision gehabt hätte.

Hendrychs Frauen waren bisher aus den gleichen Tiefen gekommen wie er selbst. Heimliche, schnelle, lieblose Affairen, immer im Schatten der großen Schlackenhalde vor dem Haus seiner Jugend. Auch Hendrych träumte. Seine Träume hielten sich in den Grenzen, die man ihm so eindringlich eingebleut hatte. Aber jetzt war er Gefreiter geworden. Er hatte die Rangordnung seiner Herkunft durchbrochen. Er konnte Befehle erteilen. Er konnte Soldaten befehlen, die aus reichen Häusern stammten, die in vielen Schulen gelernt hatten, die Frauen besaßen, verwirrend schön und reich gekleidet. Und aus den nebeligen noch ungewissen Sphären seines neuen Machtgefühls formte sich die ketzerische kühne Vision, daß er, Ladislaus Hendrych, von dem niemand wußte, wann und wo er zur Welt gekommen war, eine Frau besitzen würde, die nicht für Geld zu haben, die sauber und gut war.

Wir nahmen diese Vermessenheit Hendrychs erst wahr, als er uns durch sein verändertes Verhalten auffiel. Er begann auf seine Kleidung zu achten, er wurde habgierig, er lag, wann immer er konnte, in Schwimmhosen auf dem Felsen über unserem Badeplatz an der hohen Steinbrücke. Und er vermied beharrlich, vor Anbruch der Dunkelheit an dem grauen Haus vorüberzugehen, das an dieser gleichen Brücke lag. Nach der Straße zu war die hohe Mauer des Hauses nur durch eine Tür unterbrochen und einen kleinen, mit zwei antiken Säulen verzierten Balkon, über dessen geschmiedetes Gitter gelbe und rote Kresse rankte. Eine hohe Mauer, die bis zur Brücke reichte, versperrte den Blick in den Garten. Aber wenn man von dem kleinen aufgestauten Wasserbecken unter der Brücke, wo wir badeten, die Kalkfelsen auf der gegenüberliegenden Seite hinaufkletterte, konnte man in eine wunderliche Welt sehen.

Ein üppiger Garten lag zwischen dem Felsenufer der Auvrac und dem Haus. Die linke Seite des Hauses und Gartens war überschattet von zwei großen Tamarisken-Bäumen, Büsche und Sträucher standen hier eng zusammen, Kletterpflanzen überwucherten eine kleine Terrasse, die Fenster und das flache Dach des Hauses, ein gewundener Laubengang führte zu einer in Blumen und Blüten verhüllten Pergola; in einer halbdunklen Nische aus Zwergzypressen stand die Statue einer Frau in langem Gewand, die traurig gegen die Kalkhügel auf dem anderen Ufer der Auvrac blickte. Dieser ganze Teil des Hauses und Gartens sah selbst in der grellen Mittagssonne wie ein Schattenreich aus, dessen wuchernde Fruchtbarkeit aus einem plätschernden

Springbrunnen gespeist wurde, der schon in der anderen Hälfte lag, aber über viele kleine Terrassen und Kaskaden in die Schattenwelt floß. Die andere, der Brücke zugekehrte Hälfte war ein buntes frohes Reich des Lichts, voll Blumen, weiter Beete und einer großen Dornenhecke, die mit einem Schleier heller, zartroser Blüten die Mauer bis zur Brücke überdeckte. Hier waren die Front des Hauses frei und weiß gekalkt, die Fensterrahmen blau gestrichen. In der Mitte des Rasens stand der Brunnen, in dem ein kleiner Marmorjunge, das Gesicht gegen den Himmel gekehrt, Seifenblasen blies, einen silbernen Wasserstrahl, der in Myriaden in der Sonne glitzernder Perlen in das Muschelbecken zurückfiel, um dann ins Schattenreich abzufließen.

In dieser wunderlichen Umgebung sahen wir manchmal eine Frau. Ihr Kleid war einfach, ihre Bewegungen langsam, fast mühevoll, als ob sie leidend wäre. Meist lag ein Tuch über ihren Schultern und oft ruhte sie auf einem Liegestuhl im Schatten der hohen Tamarisken. Wir wußten nichts über sie, niemand hatte sie außerhalb des Hauses gesehen. Wir konnten auch, vom Felsen über dem Wasser aus, kaum ihre Züge erkennen. Ambroz hatte einmal von Madame Tara, der Frau des Stadtnotars, einen Fernstecher geliehen und festgestellt, daß sie mehr wie eine junge Mutter als wie eine Geliebte aussähe. Aber sie übte auf uns einen eigenartigen Einfluß aus, den niemand zu erklären vermochte und unter dem wir uns unruhig wohlfühlten. Poliakov hatte sie Solveig getauft. Er sagte, so hieße eine alles vergebende mütterliche Geliebte in irgendeinem nördlichen Land. Und obwohl wir nichts über dieses Land und solche Gestalten wußten, die in der Drillich-Existenz unserer Welt nicht atmen könnten, blieb die Melodie des Namens doch in unserer Phantasie haften, nachdem sie sich durch viele Verballhornungen über »Schollwejk« und »Schullyk« schließlich als Madame »Choux-Flique« etabliert hatte.

Ladislaus Hendrych hatte nun auf eine eigenartige Weise um sie zu werben begonnen. Wenn die Sonne schien und er keinen Dienst hatte, saß er in Badehosen auf dem Felsen und beobachtete den Garten. Stundenlang, bewegungslos. Wenn die Frau in den Garten kam, verfolgte er ihre Bewegungen, wie sie Blumen beschnitt, die Rosen hochband oder im Schatten der Pergola ruhte. Wenn sie ihr Gesicht in seine Richtung wandte, stand Hendrych langsam, wie zufällig auf, ging zum Rand des Felsens, streckte für einen Augenblick seine ganze sehnige Gestalt in der heißen Sonne, wippte einige Male auf seinen Fußspitzen und schnellte dann, mit weit ausgebreiteten Armen, wie eine Schwalbe, in großem Bogen ins Wasser. Das war eine beachtliche Leistung, und auf der Brücke blieben manchmal Leute stehen, sahen Hendrych zu und klatschten Beifall, wenn sein braungebrannter Körper aus den Fluten auftauchte.

An glücklichen Tagen hatte Hendrych zwei- bis dreimal Gelegenheit, über die vorragenden Felsen zu springen. An unglücklichen Tagen, wenn Madame »Choux-Flique« in der Mittagspause nicht in den Garten gekommen war, lieh er sich für einen Frank die Briefträger-Bluse aus und saß dann bis spät in den Abend regungslos auf dem Felsen und blickte in den Garten. Aber ohne diese blaue Bluse mied er die Umgebung der Brücke über die Auvrac.

Hendrychs eigenartiges Liebeswerben brachte auch eine neue Spannung in seine Beziehungen zu unserem Zug. Man lachte ihn aus, verspottete ihn und schlug ihm absurde Bravourstücke vor, die er seiner entfernten Geliebten vorführen sollte. Besonders beliebt war, sich über die Zeitdauer auszulassen, die er brauchen würde, um auf diese Weise das Herz von Madame Choux-Flique zu erobern. Er antwortete nur mit seinem üblichen: »Ich kann warten.« Aber diesmal klang es nicht wie eine Drohung.

Für seine neue Rolle reichte auch der erhöhte Sold eines Gefreiten nicht aus. Die durch ihn und den fortschreitenden Frühling erhöhte Nachfrage nach der blauen Bluse hatte die Verleihgebühr an Ambroz auf zwei Frank für einen Abend heraufgeschraubt, und an vielen Abenden war die Bluse auch für noch so viel Geld nicht zu haben. So formte sich in Hendrychs Kopf der frivole Entschluß, mit aller Bedächtigkeit, die ein solches Unternehmen erforderte, die Beschaffung einer eigenen Postbriefträger-Bluse anzubahnen. Es hieß, daß gegen eine angemessene Bestechung, die je nach dem Charakter der vielen in Frage kommenden Persönlichkeiten, vom Rechnungsführer unserer Kompagnie bis zum Magazin-Verwalter, in Geld, Wein oder Dienstleistungen abzustatten war, eine der verbliebenen Blusen erworben werden konnte.

Hendrych begann also zu sparen. Auf die direkteste Weise, die ihm möglich war. Er stahl Seife, Schuhcreme und Rasierklingen von uns, um sie nicht selbst kaufen zu müssen. Und er versuchte, die armselige Autorität, mit der er jetzt ausgestattet war, zu ebenso armseligen Erpressungen auszunutzen. Er konnte bei manchen Übungen, Geländemanövern, bei Nachtwachen und Streifgängen die ihm unmittelbar unterstellten Soldaten schikanieren, ihnen das Leben sauermachen, oder, falls sie sich erkenntlich zeigten, ihnen Erleichterungen ermöglichen. Natürlich waren die körperlich weniger Tüchtigen seinen Schikanen mehr ausgesetzt, und zu diesen gehörten vor allem Monsieur Stein und Poliakov. Aber während Monsieur Stein, der bejahrte Pasteten-Händler, der nur durch einen bürokratischen Irrtum überhaupt in eine Armee geraten war, bereitwillig mitspielte, ja, den Spieß umkehrte und durch gelegentliche Geldbeträge und noch häufigere Versprechungen seinen vorgesetzten Gefreiten zu seinem willfährigen Bediensteten machte, weigerte Poliakov sich, Erpressungen nachzugeben. Als Musiker und Dirigent besaß er einen für das Armeeleben völlig ungeeigneten intellektuellen Stolz, der im umgekehrten Verhältnis zu seinen körperlichen Leistungen wuchs. Er stand auch im Verdacht, bei gewissen Verrichtungen seine Hände mit der Absicht zu schonen, sie in seinem Berufsleben nach dem Krieg, als Klavierspieler, wieder zu verwenden. Dies erwarb ihm den Haß aller, die ihr Leben damit verdienen müssen, daß sie ihre Hände nicht schonen. Und zu denen gehörte vor allem Ladislaus

Hendrych. Daß seine Erpressungsversuche bei Poliakov keinen Erfolg hatten, war Grund genug, ihn noch mehr zu hassen.

Unberechenbar und wunderlich sind die Wege, die zu den Herzen der Frauen führen. Nachdem Ladislaus Hendrych ein paar Dutzend mal über die vorragenden Felsen in das aufgestaute Wasser der Auvrac gesprungen war, erlebte er an einem Mittag, daß ihm Madame Choux-Flique aus dem Garten freundlich zuwinkte. War sie der Beharrlichkeit oder der rührenden Einfalt seiner Werbung erlegen? Seit jenem Tage plante Hendrych eine grandiose Steigerung seines amourösen Spiels. Er wollte einmal von dem hohen Steinbogen der Brücke selbst in die Auvrac springen – ein gewagtes Beginnen, da das angestaute Wasser erst ein paar Meter von der Brücke weg genug Tiefe für einen Sprung aus solcher Höhe gewann.

Er rühmte sich seines Erfolges so sehr, daß eines Tages auch Leutnant Frischer davon erfuhr und aus Neugierde mit uns zum Baden kam. Als Hendrych dann für seinen Sprung wirklich mit einem freundlichen Winken aus dem Garten belohnt wurde, fanden wir, für einen Augenblick zumindest, daß in seinem absurden Werben und der vertraulichen Geste der fremden Frau eine rührende Herzlichkeit lag, die ihn über seine sonst so klägliche Existenz hinaushob. Für ein paar Sekunden waren wir still und Hendrych genoß seinen Triumph. Aber dann lachten wir wieder und jemand sagte: »Ob sie wohl jedem zuwinkt, der vor ihr ins Wasser springt?« Das gab Anlaß zu Hänseleien und schließlich sagte Leutnant Frischer lachend: »Soll ich es mal versuchen?« Wir stimmten stürmisch zu und er stieg den Kalkfelsen hinauf, leicht und mit seinem ewigen Lachen auf dem Gesicht. Hendrych verfolgte ihn mit halb zugekniffenen Augen und niemand konnte sehen, was diese Augen sagten.

Leutnant Frischer trat oben an die Felsenkante, lachte uns zu – das ganze war ja nur ein Scherz. Er blickte auch nicht, wie Hendrych es immer tat, nach dem wunderlichen Garten und nach Madame Choux-Flique, die sein Gehaben aufmerksam verfolgte. Er sprang ohne viel Aufsehen, ohne sich erst lange hochgestreckt oder den Absprung geprüft zu haben, lässig ins Wasser. Der Sprung war ohne Förmlichkeit und ohne das Zeremoniell, das Hendrych im Verlauf seines langen Liebeswerbens so vervollkommnet hatte. Es war mehr so, als ob jemand ins Wasser plumpst, weil es ihm Freude macht. Wir klatschten Beifall, Leutnant Frischer sprang aus dem Wasser, wir lachten und blickten dann erwartungsvoll nach Madame Choux-Flique.

Und wirklich, sie winkte Leutnant Frischer zu. Etwas weniger bedeutungsvoll als vorher, eher neckisch, als ob sie auch über die Entfernung den Scherz der Situation begriffen hatte. Wir klatschten Beifall und gröhlten so laut, daß Madame Choux-Flique sich brüsk umwandte und im Haus verschwand.

»Ihr seid eine unzivilisierte Bande«, sagte Leutnant Frischer und fügte dann, als er Hendrychs Gesicht bemerkte, lachend schnell hinzu: »Ich werde mit Ihrer Verlobten nicht mehr kokettieren.«

Wenn die Weinbauern im Tal der Auvrac im Frühjahr zum erstenmal die großen Blechkanister auf den Rücken schnallen, aus denen sie die grünlich-blaue Flüssigkeit auf die Reben spritzen, die die Reblaus fernhält, heißt es im Tal, »jetzt ist die Zeit der Freier gekommen«. In dieser Zeit ist es für die Nachtwachen an den Ausgängen des Städtchens und für die militärischen Streifen in den Straßen schwer, Passanten nach legitimen Gründen für ihre nächtlichen Ausflüge auf den Kapellenberg zu fragen. Die wachehaltenden Soldaten von heute sind nächtliche Ausflügler von morgen. Und selbst das Herz des inspizierenden Offiziers schwankt zwischen den Bedürfnissen militärischer Sicherheit vor deutschen Fallschirm-Agenten und dem verfassungsmäßigen Recht auf Gleichberechtigung der Geschlechter, das auf dem Kapellenberg so elementare Erfüllung findet.

Es ist die Zeit der Freier. Und die Menschen sind versöhnlich. Ist es die weiche Luft, das Rauschen der Auvrac, der Duft der Erde und der Garten, was für ein paar Tage selbst in unserer Kompagnie das Leben froher macht, so daß wir morgens singen, wenn wir ausmarschieren, – auch wenn es nicht befohlen wurde? Nur einer singt nie mit und grübelt.

Was in seinem Kopf damals vorging, hat niemand gewußt. Aber heute, wo alles, was er in diesen Tagen tat und sagte, im Lichte seines Endes, Sinn bekommen hat, darf man wohl raten, wie es um Ladislaus Hendrych stand.

Daß Leutnant Frischer so nebenher und ohne es wirklich zu wollen, erreichen konnte, was ihn so lange Zeit gekostet und was er als eine ganz private und intime Vertraulichkeit betrachtet hatte, mußte ihn schmerzlich an das Reich der Schlackenhalde erinnert haben, wo es die Hendrychs immer Wochen Arbeit kostet, was den Offizieren im Vorbeigehen zufällt. Und diese Erinnerung an die Welt, aus der er sich entronnen wähnte, war vielleicht noch weniger schmerzvoll als der leise Verdacht, daß Madame Choux-Flique an Leutnant Frischers Badehosen kaum eine merkliche Überlegenheit über Hendrychs soziale Herkunft hätte feststellen können, und daß sie andere Gründe gehabt haben könnte ...

Jedenfalls mußte er einen Beweis, einen triumphalen, und für alle eindeutigen Beweis erbringen können, daß sie keine anderen Gründe gehabt hatte. Was dieser Beweis sein sollte, wußte er, trotz vielen Grübelns, damals selbst noch nicht. Soviel war ihm aber klar, daß sein Werben kühnere, eindringlichere und weniger distanzierte Formen annehmen mußte. Dazu erschien der Erwerb einer blauen Bluse, ohne die kaum ein Soldat mit Selbstbewußtsein um eine Frau werben kann, eine dringliche Notwendigkeit. Und der Sprung von der Brücke in die Auvrac, von dem er uns in diesen Tagen immer häufiger erzählte, wurde der legendäre Höhepunkt eines romantischen Minnespiels, nach dem Madame Choux-Flique ihm hemmungslos in die Arme fallen würde.

Warum Hendrych den Mangel an Erfolg in seinem Bestreben der Existenz Leutnant Frischers zuschrieb, ist nicht zu ergründen. Leutnant Frischer aß, trank und bummelte auf dem abendlichen Korso, wie immer und wie alle anderen Offiziere, in der gleichen pompösen Uniform wie sie und mit genau so viel glitzernden Goldlitzen, Tressen und Sternen, wie jeder andere Leutnant im Städtchen.

Aber Leutnant Frischers Tressen und Sterne gewannen in diesen Tagen in Hendrychs Überlegungen kosmische Ausmaße und eine Bedeutung, die selbst den Einbruch der deutschen Armee in Frankreich in Schatten stellte.

Eines Nachts wurden wir von der Nachtbereitschaft geweckt und einzeln von zwei bewaffneten Soldaten zum wachthabenden Offizier gebracht und verhört: Wann wir nachhause gekommen seien, ob jemand nach Zapfenstreich nachhause gekommen wäre, ob uns jemand aufgefallen sei, ob jemand Drohungen gegen Leutnant Frischer ausgestoßen hätte. Wir wußten zwar nicht, worum es ging, aber soviel stand fest, daß der wachthabende Offizier nach dem Verhör unseres Zuges nicht mehr wußte, als vorher. Denn welchen Streit es auch zwischen uns und Hendrych gab, und obwohl er uns bestohlen hatte, wenn immer es Gelegenheit gab – daß er erst knapp vor Mitternacht und mit allen Anzeichen von Erregung in unsere Scheune gekommen war, waren wir bereit abzuschwören, sowie es sich um einen Konflikt zwischen »uns« und »ihnen« handelte. Selbst Poliakov, der manchmal für »ihre« Tanzkapelle spielte und von Hendrych mit aller Tücke verfolgt wurde, war nicht bereit, die Solidarität zu durchbrechen, die in unserem Zug immer nur dann zustande kam, wenn »sie« einen von uns aufs Korn genommen hatten.

Am Morgen erfuhren unsere Essenträger in der Küche, daß jemand Leutnant Frischer auf dem Heimweg aus dem Offizierskasino am Ufer der Auvrac aufgelauert und über das ungeschützte Ufer in die Auvrac gestoßen hätte. Der Stoß sei von hinten gekommen und der Angreifer sei nicht erkannt worden. Leutnant Frischer wäre mit leichten Abschürfungen davongekommen, ein glücklicher Zufall an dieser steilen Stelle.

An diesem Vormittag übten wir auf unserem kleinen Übungsplatz auf dem Kapellenberg Handgranatenwerfen. Gegen

Mittag kam Leutnant Frischer angeritten. Er nahm in seiner freundlichen, gelassenen Art die Meldung unseres Zugführers entgegen und sprang dann vom Pferd.

Und in der Art, wie er vom Pferde sprang – schneidig, doch ungezwungen, das rechte Bein über den Kopf des Pferdes schwingend, und wie er dann ohne Anstrengung kerzengerade neben dem Pferd zum Stehen kam – aus dieser für uns so unnötigen, kleinen, aber doch merklichen Demonstration seiner körperlichen Tüchtigkeit erkannten wir, daß er Abrechnung halten wollte.

Er trug auf Stirn und Wange zwei große Heftpflaster und einen Verband über zwei Fingern der linken Hand. Er ging den Zug entlang und sah jedem einen kurzen Augenblick in die Augen. Und als er vor Hendrych stand, lachte er sein übliches leichtes und freundliches Lachen.

Dann befahl er, weiterzuüben und den Besten im Weitwurf festzustellen. Daß Hendrych am weitesten warf, wußten wir ohnehin. Auch Hendrych wußte es. Wir wußten noch nicht, daß auch Leutnant Frischer es wußte. Wir warfen, jeder dreimal. Und mit den ersten zwei Würfen hatte Hendrych uns weit zurückgelassen. Leutnant Frischer hatte dazu »Ganz gut« bemerkt, und das hatte Hendrych zu einer besonderen Anstrengung veranlaßt. Er hatte, gegen seine sonstige Gewohnheit, ein paar Schritte Anlauf genommen, die ganze Kraft seines gedrungenen Körpers in einen schnellen, schußartigen Schwung seines Armes geschnellt und die Übungsgranate ein beachtliches Stück hinter seine ersten Würfe und weit hinter unsere geschleudert.

Leutnant Frischer ließ an dieser Stelle eine Signalfahne einstecken und dann warf er selbst. Die ersten zwei Granaten fielen ein paar Meter vor die Fahne. Der Zugführer glaubte Beifall zollen zu müssen. Aber jemand sagte einsilbig: »Hendrych hat weiter geworfen«.

Leutnant Frischer sah auf, als ob es ihm bisher nicht eingefallen sei, daß er mit Hendrych in einen Wettstreit treten könnte. Er nahm die dritte Granate in die Hand, wechselte einige Male ihre Lage in seiner Handhöhlung, dann sagte er leichthin: »Passen Sie mal gut auf, Hendrych«, und ehe wir uns noch besonnen hatten, welche Herausforderung in diesen Worten lag und daß sie vielleicht schon alle Tragik von Hendrychs kommenden Tagen in sich beschlossen trugen, hatte er mit aller Wucht das Geschoß abgeworfen, das nun in rotierenden Bewegungen über die niedrigen Büsche hinwegflog und wohl sieben oder acht Meter hinter Hendrychs Zielfahne zu Boden kam.

»Hendrych«, sagte er dann und zog einen Zehn-Frank-Schein aus der Tasche, »hier ist die Prämie für den besten Wurf.« Hendrych stand stramm. Sein Gesicht brannte. Er nahm das Geld. Er sagte »Danke«. Er grüßte ab und trat ins Glied zurück.

Und Hendrych wußte, so wie wir, daß Leutnant Frischer den Mann kannte, der ihn heute nacht ins Wasser gestoßen hatte. Und daß er ihn zerdrücken konnte, wann immer er wollte, weil er stärker war. Nicht durch die Kraft seiner Offizierssterne und goldenen Tressen, sondern dort, wo Ladislaus Hendrychs einzige Stärke lag – in seinen Händen. Aber niemand wußte, wie entscheidend noch einmal die Erinnerung an diesen Augenblick für Hendrych werden sollte.

Hat alles, was nun folgte, wirklich so kommen müssen? Hätte es nicht einen Zufall oder Gnade geben können, um dem Ende auszuweichen? Oder hat Hendrych in dem dumpfen Kerker seiner Gedanken, aus dem Begehren, das die Frau im Nacht- und Tagesgarten an der Brücke in ihm entflammte, und unter der verzehrenden Sonne des Mittags nicht mehr anders handeln können?

Er hatte jetzt eine Scharte auszuwetzen, dachte er, und mehr als je schien es ihm begehrlich, von Madame Choux-Flique eine eindeutige Kundgebung zu gewinnen, daß sie ihn vor uns allen und auch vor Leutnant Frischer beachtete und vorzog.

Ich glaube, daß Hendrych bis zu diesem Tage nicht gewagt hat, die Frau im Haus an der Brücke anzusprechen. Aber seither muß er es irgendwie zuwege gebracht haben, ein Wort mit ihr zu wechseln. Denn eines Tages erklärte er triumphierend, Madame Choux-Flique würde eines Morgens, wenn wir aus dem Städtchen und an ihrem Haus vorüber über die Brücke auf den Kapellenberg marschierten, auf dem kleinen Balkon stehen und ihm, Ladislaus Hendrych, vor dem ganzen Zug und vor Leutnant Frischer ein Zeichen ihrer Zuneigung geben.

Vielleicht war das nur eitles Gerede. Aber er machte recht viele dunkle Andeutungen über eine wachsende Intimität zwischen ihm und Madame Choux-Flique, die irgendwie – wahrscheinlich nach dem Sprung von der Brücke, den er noch immer plante – in der erwähnten Kundgebung auf dem Balkon gipfeln würde. Der Erwerb einer Postmeister-Uniform schien nun erst recht eine unerläßliche Voraussetzung, und seine Diebstähle und Erpressungsversuche häuften sich. Es wurde für Poliakov immer schwerer, seine Würde einem Zuschuß zu Hendrychs blauer Bluse vorzuziehen.

Es hieß nun, daß wir in wenigen Tagen an die Front abgehen würden. Unter der explosiven Wirkung dieses Gerüchtes fielen manche Schranken, die den stürmischen Frühlingstagen noch standgehalten hatten, und die statistische Häufigkeit von Verletzungen der sittlichen Klassenordnung nahm schnell und erheblich zu. Eine verzeihliche Erscheinung in diesen Tagen, da die deutsche Armee schon fast vor den Toren von Paris stand und deren Ernst wohl am besten durch die seither im Städtchen denkwürdig gewordene Tatsache gekennzeichnet wird, daß Madame Barbasse, um den Ansturm auf ihr Etablissement zu befriedigen, selbst aushelfen mußte.

In diesen Tagen wurde viel getrunken und Ambrozs Bluse wurde an manchen Abenden zu phantastischen Preisen versteigert. Aber eines Abends war die Bluse verschwunden. Ambroz war wütend, da er an diesem Abend Abschied von Madame Tara feiern wollte. Er holte den Kommandanten der Wache und sie suchten in unserer Scheune nach der gestohlenen Bluse.

Unsere Strohsäcke lagen in der Scheune eng nebeneinander, es war kein Platz für einen Durchgang dazwischen, wir waren zu viel für die kleine Scheune. Wenn wir zum Kopfende wollten, wo unser Eigentum lag, mußten wir die Schuhe ausziehen und über die Strohsäcke gehen. Die Scheune war voll Staub, er rieselte von den Wänden, wirbelte vom Boden auf, lag zwischen den Decken, die wir jeden Morgen ausschüttelten. Und nun trampelten Ambroz und der Kommandant der Wache über unsere Strohsäcke.

Sie kehrten alle Strohsäcke um. Aber statt der Bluse fanden sie zwei neue Leibriemen, eine Garnitur Unterwäsche, wie sie an Neuankommende ausgegeben wurde, und einen Karton mit Zigaretten und Tabak. Das war Anlaß zum Streit, wem das alles gehörte und wer es gestohlen hatte; man brüllte und schimpfte und versuchte, den Wachkommandanten aus der Scheune zu stoßen. Und es war kein Streit um die Leibriemen oder die Zigaretten, sondern es war der Wein und die Spannung dieser Tage, der Abmarsch zur Front und alle unsere Enttäuschung. Daß wir stramm stehen mußten, wenn man uns erniedrigte, daß wir in Lumpen gingen und nur einen halben Frank Sold bekamen, daß wir kein Zuhause mehr hatten und daß, seitdem wir unsere Heimat verlassen hatten, der Boden unter unseren Füßen nachgab, wohin immer wir traten.

Mitten in diesem Streit öffnete sich das Tor und Hendrych kam herein. In Ambrozs Bluse. Der Streit verstummte, Hendrych ging, ohne sich umzusehen, ohne ein Wort zu sagen, zu seinem Strohsack, zog Bluse und Hose aus, ließ sie in den Staub fallen, warf sich auf seinen Strohsack, das Gesicht nach unten gekehrt, und blieb so regungslos liegen.

Ambroz, mit überschlagender Stimme, rief ihm zu: »Du Saukerl, du hast meine Bluse gestohlen«. Aber Hendrych sprang nicht auf, schlug ihm nicht ins Gesicht, warf ihn nicht zu Boden, trat ihm nicht in den Kopf, wie wir es alle erwarteten. Er sagte nur einfach – man hörte es kaum, da sein Gesicht im Strohsack vergraben war – : »Ich habe sie nicht gestohlen, ich habe sie nur geborgt. Ich mußte sie haben. Zum Sold bekommst du dein Geld«. Das kam so unerwartet, das kam so schlicht aus Hendrychs Mund, da hatte sich etwas ereignet, etwas Großes oder Fürchterliches. Auch Ambroz fühlte es und blieb unschlüssig stehen. Da sagte François: »Hau' ihm eine herein. Er hat gehurt und ist noch weich in den Knien. Trau' dich«. Und wieder sprang Hendrych nicht auf, warf sich nicht auf François, schlug nicht blind und hart drauf los. Er richtete sich nur auf, mit zugekniffenen Augen, die niemand sehen konnte.

»Trau' dich«, sagte François in der Ecke noch einmal. Und jetzt ging Hendrych auf ihn zu. Noch immer unentschlossen wie ein Träumer. Ein paar Jungen lachten. Da sprang Hendrych zu, schlug drein, ins Gesicht, vor den Bauch. François schlug zurück, auf Hendrychs Nase, die gleich blutete. Und ehe wir noch dazwischen springen konnten, hatte Hendrych François mit dem Fuß in den Bauch gestoßen, sie wälzten sich im Staub, die anderen prügelten mit, einer hatte ein Bajonett gezogen, jemand brüllte auf, wir fielen ihm in die Arme, ich spürte einen Schlag vor den Kopf, die Luft war voll Staub und Schweiß und keuchendem Atem, voll Wut und Gehässigkeit und verlorener Liebe …

Und in dem Augenblick, als alle vor Erschöpfung innehielten, mußte Poliakov, der unglückliche Poliakov, in die Scheune kommen. Poliakov, der seine Hände schont, um nach dem Krieg Musik zu machen. Poliakov, der sein Gewehr nicht gerade halten kann, aber die Nase hoch hält, als wäre er ein General. Poliakov, der sich lieber über den Übungsplatz jagen läßt als zehn Franken zu einer dunkelblauen Briefträger-Bluse beizusteuern. Und der so ein Verhalten Würde nennt, und nicht Geiz, elenden, stinkenden, üblen Geiz.

Hendrych stand keuchend vor ihm, er selbst blutete schon, und auch ein paar andere. Heute abend war Abrechnung. Poliakov fühlte, daß er nun der letzten großen Auseinandersetzung gegenüberstand. Hilflos, weil er so viel schwächer war. Und weil er seine Hände schonen mußte für die Musik nachher, wenn es ein Nachher geben wird. Aber Poliakov konnte nicht weglaufen vor dieser Auseinandersetzung. Weil er hochmütig war. Weil er Hendrych verachtete, weil er die Feigheit verachtete, weil er Angst verachtete, auch seine eigene Angst.

»Du bist an allem schuld.« Hendrychs Stimme war voll Haß. »Du elender nichtsnutziger Musikant. Du wirst nicht mehr über mich lachen. Du wirst keine Musik mehr machen …« Und ehe jemand dazwischen springen konnte, hatte er blitzschnell seinen Holzpantoffel ergriffen, mit der Kante Poliakov zuerst über den Kopf geschlagen und als er zusammenbrach, schnell zweimal mit aller Wucht über die Hand, die Poliakov in einer vergeblichen Geste zum Schutz und zur Abwehr erhoben hatte.

Der Landessprache unkundig, ohne Geld, mit einem Gewehr und sechs Patronen hatte der Deserteur Ladislaus Hendrych keine Aussicht, für lange zu entkommen. Zwei Tage später erzählten Weinbauern, sie hätten ihn in dem niedrigen Wachtturm gesehen, den Napoleons Soldaten auf dem Kapellenberg errichtet hatten, als sie den Krieg nach Spanien trugen.

Am Nachmittag, als die größte Kraft der Sonne schon gebrochen war, zogen wir aus, um Hendrych einzufangen. Eigentlich war uns gleichgültig, was mit ihm geschah. Poliakov lag mit gebrochenen Fingern und einer Kopfwunde im Krankenhaus und Hendrych war immer ein unkameradschaftlicher Störenfried gewesen, der uns bestahl und schikanierte. Aber wenn wir ihn einfingen, gehörte er nicht uns, sondern denen »oben«. Und die waren auch nicht besser. So waren wir weder für noch gegen ihn.

Hendrych schoß erst, als wir den Turm schon umzingelt hatten und zwischen den Felstrümmern und Dornbüschen in Deckung lagen. Leutnant Frischer zählte die Schüsse. Nach dem sechsten rief er Hendrych zu, sich zu ergeben. Als keine Antwort kam, stand er auf und ging langsam über die Lichtung zum Wachtturm. Er hatte seine Feldpistole wieder eingesteckt, seine Augen waren auf Tür und Fenster des Turmes gerichtet und er lachte nicht. Seine Gestalt war groß und aufrecht gegen den Horizont abgezeichnet und sein Weg über die Lichtung schien uns endlos lang zu währen. Wir sprangen auf und kamen zögernd näher.

Jetzt stand Leutnant Frischer vor dem Turm, ungedeckt, beide Hände in die Hüften gestemmt, und rief: »Hendrych, es ist aus. Ergeben Sie sich.« Wir hörten einen Fluch aus dem Turm und Schritte, die sich dem Ausgang näherten. Es war totenstill über dem Kapellenberg. Da trat Hendrych aus dem Turm. Er hielt ein krummes Rebenmesser in der Hand. Für den letzten einsamen Kampf, den er in diesem Leben noch auszufechten hatte.

»Es ist alles aus«, sagte Leutnant Frischer. Hendrych sah zuerst ihn an, blickte dann in die Runde, mit halb zusammengekniffenen Augen, wie immer. Er war unrasiert, sein Gesicht war noch voll blutiger Schrammen, und ein wilder, fast tierischer Ausdruck lag in seinen Zügen. Er atmete schwer. Er trat einen Schritt nach vorne, seine Faust ballte sich um das Messer, – wir hielten den Atem an – und dann sagte er müde, fast weinerlich: »Was werden Sie mit mir tun, Herr Leutnant?« und warf das Messer fort.

Und wir alle wußten, daß dieser Augenblick vor vielen Tagen begonnen hatte. Beim Handgranatenwerfen auf dem Übungsplatz.

Hat Hendrych, von den bewaffneten Kameraden seines Zuges eskortiert, müde und hungrig, erniedrigt und geschlagen, auf dem langen Weg vom Kapellenberg an etwas anderes denken können, als daß es nur einen Weg ins Städtchen gibt, den Weg über die hohe Steinbrücke, der auf der anderen Seite am grauen Haus vorbeiführt, auf dessen kleinem Balkon, mit den zwei antiken Säulen und dem geschmiedeten Gitter, über das sich gelbe und rote Kresse rankt, an diesem späten Nachmittag eine Frau steht, mit einem Tuch über den Schultern?

Als unser Zug um die letzte Straßenbiegung vor der Brücke kam, schien es zuerst ein Spuk, ein böser, schlechter Scherz der

Sinne zu sein, eine teuflische Erfindung unserer aufgeregten, müden, überspannten Phantasie in der heißen Sonne. Aber es war doch deutlich Madame Choux-Flique.

Ich marschierte in der ersten Reihe hinter Hendrych. Und ich sah, daß seine breiten Schultern sich hoben und senkten, als ob er unter einer schweren Last keuchte. Daß sein Schritt unsicherer wurde, als wir uns der Brücke näherten. Ich sah, wie die erste Reihe des Zuges auf die Brücke marschierte und unser Zugführer selbst zu zögern begann. Oder waren es nur seine Beine, die sich Hendrychs erbarmt hatten und ihm diese letzte Erniedrigung ersparen wollten? Jetzt hielt er mitten auf der Brücke an und sah sich fragend nach Leutnant Frischer um, der hinter dem Zuge ging.

Und dieser Bruchteil eines Augenblicks, in dem ein alter, abgebrühter Soldat an der Spitze einer Strafeskorte vom Ewigen Licht erfaßt wurde, genügte Ladislaus Hendrych, um mit einem Satz auf die Brückenmauer zu springen, mit weit ausgebreiteten Armen und im Angesicht der nun in unendliche Fernen entrückten Frau aus dem wunderlichen Garten, der Tag und Nacht war, im hastigen Schwung den großen Sprung von der hohen Brücke in die Auvrac zu wagen.

Seine Kameraden sprangen zu, um ihn noch schnell zurückzureißen. Aber ihr Zugriff vermochte gerade noch, seinem Schwung soviel Kraft zu nehmen, daß er mit einem gräßlichen Laut auf dem Felsen zerbrach, der unter der Brücke ins Wasser ragte.

So endete Ladislaus Hendrych. Und nur ich habe gesehen, daß sich sein Traum erfüllt hat und daß die Frau auf dem Balkon, als alle sich um den Toten scharten, ihn vor uns allen ausgezeichnet und ihm mit einer leichten Bewegung ihres Armes zugewinkt hat. Müde, verhalten und unsagbar traurig.

François und Rosette

WIR SIND ALLE ROH. WEIL WIR SOLDATEN SIND. Fremdländische Soldaten in einer südfranzösischen Garnison. Aber bei uns ist die Roheit nur ein Gehaben. Wir sagen »merde« und denken nichts dabei. Das ist eben eine Redensart für Soldaten, wie es Redensarten für alle Berufe gibt. Für Parlamentarier, zum Beispiel. Oder für Schlächter. Selbst Poliakov sagt manchmal »merde«. Obwohl er Kapellmeister war, bevor er die Uniform anzog. Unsere Roheit ist auch nur eine Uniform. Während des Krieges schützt sie. Und nachher kann man sie ausziehen.

Aber wenn François »merde« sagt, meint er es auch. Und er handelt, als ob auch sein Herz aus nichts anderem bestünde. Gar, wenn er trunken ist. Da gehen wir alle ihm lieber aus dem Weg. Es gibt auch ohne ihn schon genug Streit zwischen uns. Einmal hat er einen Hund erschlagen, weil sein Gekläff ihn im Schlafe störte. So roh ist er. Er hat keinen Freund in unserer Kompagnie und er hat auch nie einen gesucht. Seit dem Vorfall mit Rosette findet er nicht einmal mehr einen Kumpan zum Trinken.

Rosette wäscht unsere Wäsche. Manche sagen, daß sie eine Spanierin ist. Andere halten sie für eine Zigeunerin. Fast alle sagen, daß sie eine Dirne sei. Die einen sagen es, weil Rosette sie abgewiesen hat. Die anderen, weil Rosette sie nicht abgewiesen hat. Die Wahrheit ist, daß sie ein vaterloses Kind hat. Und gute Augen, die an manchen Tagen glühen. Und daß man im Ausschnitt ihres Kleides den Ansatz von zwei braunen, festen Brüsten sehen kann. Mehr weiß von ihr in unserer Kompagnie nur Ambroz. Und mit ihm ist selbst Madame Tara ins Bett gegangen. Obwohl er nur ein gewöhnlicher, fremdländischer Soldat ist. Und Madame Tara ist die feingeputzte Frau des Stadtnotars, mit einer echten Perlenkette.

Die ganze Kompagnie liebt Rosette. Weil sie nett aussieht und gut zu uns ist. Gut, nicht nur wie eine Geliebte, sondern auch wie eine Schwester. Weil sie unsere Wäsche nicht nur wäscht, sondern auch flickt. Wißt Ihr, was das für einen Soldaten in der Fremde bedeutet?

Manchmal stehlen wir in der Proviantur Kaffee, Zucker oder Konserven für Rosette. Im Winter haben wir ihr Holz gebracht und abends in ihrer Küche Kaffee getrunken.

Jetzt ist es Frühjahr und sie wäscht am Brunnen auf dem Marktplatz. Wenn wir vorbeimarschieren, winkt und lacht sie uns zu. Das ist auch ein Grund, warum wir sie lieb haben. Die anderen Frauen am Brunnen kehren uns fremdländischen Soldaten den Rücken. Und Rosette ist doch jünger und schöner als sie. Ihr zuliebe singen wir, wenn wir am Brunnen vorbeimarschieren, ein Lied, auch wenn wir müde und verschwitzt sind. Sie lacht uns zu, als ob wir ihre Kinder wären. Oder ihre Geliebten. Und in ihren dunklen Armen scheint uns unsere Wäsche besonders weiß.

Ihretwegen hassen wir jetzt François. Auch wenn ihm sein Bruder, der in einem Wanderzirkus das Baßhorn bläst, Geld schickt, findet er keinen Kumpan zum Trinken mehr. Obwohl unsere Löhnung nur zehn Sous beträgt und die Sonne hier so lange und so heiß am Himmel steht, daß es schwerfällt, eine Einladung zum Trinken auszuschlagen.

Niemand weiß, was Rosette in François' Arme getrieben hat. Er ist der kleinste in unserer Kompagnie und er sieht in seiner Drillichuniform verlumpter aus als wir alle. Vielleicht waren es sein hartes Gesicht und seine unbarmherzigen Augen. Ein Gesicht, das verspricht, weh zu tun. Vielleicht aber war es auch die Sonne, die hier so lange und so heiß am Himmel steht, daß der Atem der Weinberge in der Nacht gierig und verzehrend ist. Man mischt uns Soldaten Brom in den Kaffee, gegen den Atem dieser Nächte. Und dennoch unterliegen wir ihnen. Selbst Poliakov, dessen Haar schon grau ist.

Niemand weiß, was Rosette in die Arme François' getrieben hat. In einer dieser Nächte voll suchender Liebe, in denen die Leute vor dem Haustor auf der Straße stehen, bis der heiße Stein der Häuser ausgekühlt ist, lag Rosette mit François in den Weinbergen. Er war nicht einmal grob. Unter den langsamen, tastenden Liebkosungen ihrer Hände wich die Starrheit aus seinem Körper. Er lag auf dem Rücken. Der Himmel war voller Sterne und unendlich weit an diesem Abend.

»Ich bin ein Schwein, Rosette«, sagte er. Sie schwieg. Ihr Mund war so viel Lust für ihn. Ihr Leib so willig. Da war keine Feindseligkeit, vor der er auf der Hut sein mußte. »Rosette«, fragte er, »glaubst du, ich könnte auch … ?« Seine Lippen waren die weichen, versöhnenden Worte noch nicht gewohnt.

»Könntest was, François?« Rosette war ganz nahe. Aber es war so schwer, nicht François zu sein, der Rohling in der Kompagnie. Er schwieg. Wenn Rosette noch einmal fragte, vielleicht daß er dann …

Aber Rosette war müde. Sie gähnte. Sie nahm ihren Arm von seiner nackten Schulter. Sie war plötzlich unerreichbar weit weg.

Natürlich war sie eine Dirne. Fast wäre er weich geworden vor ihr. Er, François, dem die ganze Kompagnie auswich, weich vor einer Zigeunerdirne!

Er sprang auf, zog sich hastig an und ehe Rosette es sich versah, lief er mit ihren Kleidern davon.

Unsere Wache, die am Fuße des Weinbergs, beim Eingang ins Städtchen, Posten stand, hörte bis spät in die Nacht ihr Rufen. Zuerst wütend und zornig. Dann weinend und flehend. François aber soff sich indes beim »Pére Lecoque« einen Rausch an und erzählte jedem, der es hören wollte, daß Rosette spät nachts nackt durch die Stadt laufen würde.

Als Rosette sich aus dem Weinberg traute, war die Nacht schon kalt und ohne Liebe. Nur ein paar Leute sahen sie. Aber am nächsten Tag sprach das ganze Städtchen von ihr. Und sie war nicht am Brunnen, obwohl es Waschtag war.

Abends legten wir Geld für eine Wurst zusammen und Poliakov nahm die Wurst und ein Laib Brot zu Rosette. Aber die Tür blieb auf all sein Klopfen verschlossen. Und die Nachbarn sagten, sie hätten Rosette den ganzen Tag nicht vor der Tür gesehen. Am nächsten Abend gossen wir jeder den Wein, den wir zum Abendbrot bekommen, in Poliakovs Feldflasche für Rosette. Aber sie öffnete wieder nicht, und die Nachbarn sagten, sie hätten den ganzen Tag kein Lebenszeichen von ihr gesehen. Am dritten Abend nahm Poliakov die Wurst, den Wein und auch noch einen Strauß Blumen aus unserem Vorgarten mit.

Aber er kam mit Wurst, Wein und Blumen wieder zurück. Rosette war noch immer nicht vor der Tür gewesen. Nur das Kind hatte Poliakov im verschlossenen Haus weinen hören. »Vielleicht hat sie aus Scham Selbstmord begangen«, sagte er. »Sie ist eben keine Dirne gewesen.«

Wir aßen die Wurst auf, tranken den Wein aus und warfen die Blumen fort. Vielleicht hatte Poliakov recht, obwohl er ein Schwärmer war.

In dieser Nacht und den ganzen langen nächsten Tag fürchtete unsere Kompagnie, daß Poliakov einmal recht gehabt haben könnte. Selbst François fürchtete es und wich uns aus.

Aber Poliakov ist ein Musiker. Und Rosette ist eine Waschfrau. Wenn Poliakov mit uns ins Garnisonsbordell geht, spielt er, während wir in den Betten liegen, auf dem verstimmten Klavier in der Gaststube Bach-Fugen.

Rosette aber hat Freude am Leben. Und nach den drei Tagen Fasten hatte sie Hunger. In der vierten Nacht stand sie wieder am Brunnen und wusch unsere Wäsche.

Poliakov hat eben nie recht.

Wenn wir jetzt am Brunnen vorbeimarschieren, kehren uns alle Waschfrauen den Rücken.

François hassen wir seither. Und selbst wenn ihm sein Bruder Geld schickt, findet er keinen Kumpan zum Trinken mehr.

Im Morgengrauen

Der abgeschossene Bomber lag hinter dem Sumpf. Die Maschine hatte sich, ohne Feuer zu fangen, tief ins Erdreich eingegraben. Der Pilot lag tot über dem Lenkhebel, sein Gesicht war im Schrecken verzerrt. Der Tod, den er eben noch über Menschen und Städte abgeworfen hatte, der unentrinnbare Tod war bei wachen Sinnen über ihn gekommen, und dieses gräßliche Sterben lag in seinem Gesicht erstarrt.

»Vielleicht ist er für morgen abend mit einem Mädchen verabredet«, sagte einer. »Er ist so jung. Aber er wird keines mehr küssen.« – »Vielleicht«, sagte ein anderer, »hat seine Bombe eben einen erschlagen, der gerade sein Mädchen küssen wollte.«

Der Kommandant schickte uns in kleinen Gruppen durch das Gehölz, um die anderen Flieger zu suchen; vier oder fünf mußten mit Fallschirmen abgesprungen sein.

Ich ging mit Janda, dem Korporal. Wir stießen gegen Äste, stolperten über Wurzeln. Es war finster.

»Hast du sein Gesicht gesehen?« fragte ich, »dieser Schrekken!« – »Recht so. Schade, daß sich nicht alle sechs erschlagen haben.« – »Warum schade? Wenn wir sie gefangen nehmen, sind sie genauso kampfunfähig. Was nützt uns ihr Tod?« – »Und was nützt uns ihr Leben? Diese Tiere! Nein, ich weiß, was ich mit dem tun werde, der mir in die Hände fällt.«

Wir kamen aus dem Gehölz auf die Wiesen. Der Boden war weich und naß. Es war kalt.

»Unsinn«, sagte ich, »wir kämpfen, weil wir gegen das Morden sind. Da können wir nicht selber morden. Wenn wir so sind wie sie, müssen wir ja nicht gegen sie sein.«

»Du redest so. Das sind Worte. Aber ich habe sie gesehen. Ich war Lastwagenlenker in M., an der tschechisch-polnischen

34

Grenze. Als sie in Polen einfielen, haben sie mich mit meinem Wagen requiriert, und ich habe den ganzen Feldzug mitmachen müssen, bis ich ihnen weggelaufen bin. Ich habe sie gesehen. Aber das kann man nicht erzählen. Dafür gibt es keine Worte. Sie sind Tiere. Nein, ärger als Tiere.

In einem Städtchen hinter Krakau wurde unsere Kolonne aus einem Haus beschossen. Sie wußten nicht genau, aus welchem. Sie suchten eines aus und trieben alle Bewohner aufs Dach – Männer, Frauen und einen halbwüchsigen Jungen ...«

Janda schwieg eine Weile.

»... und dann haben sie sie gezwungen, vom Dach auf die Straße zu springen. Das Haus war drei Stock hoch. Ich habe nicht hingesehen. Ich habe nur das Schreien gehört. Und die Schläge, mit denen sie die Leute über die Dachkante trieben. Und das Aufschlagen der Körper auf die Erde.

Sie haben niemanden verschont. Auch den Jungen nicht. Sie sind ärger als Tiere.«

»Aber man hat sie dazu gemacht. Und nicht alle sind so. Man muß die vernichten, die es ihnen zur Pflicht machen, zu quälen. Und nicht die, die aus Angst diese Pflicht erfüllen.«

»Pflicht? Nein. Wenn sie nur ihre Pflicht erfüllten! Aber sie haben Freude daran. Sie quälen mit Lust. An der Weichsel haben sie zwei Tage lang vergeblich eine Stellung angerannt. Als schwere Artillerie kam, ergaben sich die Polen. Der deutsche Kommandant, ein junger Kerl, war wütend, weil die anderen Abteilungen schon längst über den Fluß waren. Unter den Gefangenen war eine Handvoll bewaffneter Zivilisten. Der Kommandant ließ sie auf dem Weichseldeich antreten. ›Heckenschützen‹, sagte er, ›Gesindel. Für euch sind Patronen zu schade.‹ Sie schlugen die Zivilisten mit Schaufeln über den Kopf und warfen sie in den Fluß. Die Halbbetäubten machten irrsinnig-groteske Versuche, sich zu retten. Die Soldaten lachten, als sie ertranken.

Ich habe noch viel mehr gesehen. Aber man kann so wenig erzählen. Wie sie quälten, wie sie die Leute um ihr Leben bitten ließen, sie erniedrigten, verhöhnten und dann doch erschossen. Sie sind ärger als Tiere.«

Ich schwieg.

Wir kamen in die Sümpfe. Nebel lag über dem Wasser. Auf dem schmalen kotigen Steig kamen wir nur langsam vorwärts. Unsere Füße waren naß. Wir wurden mißmutig.

Durch das Gestrüpp leuchtete ein Tümpel. Die Nebelschwaden über den Bäumen zerrissen für einen Augenblick.

»Achtung«, flüsterte ich Janda zu. Wir rissen die Gewehre von den Schultern. Undeutlich, im Nebel und anbrechenden Morgengrauen, war die weißgraue Fläche eines Fallschirms auf einem Baum zu erkennen.

Das Gewehr im Anschlag schlichen wir näher. »Wenn einer dranhängt«, sagte Janda leise, »schieße ich ihn ab wie einen tollen Hund.«

Wir kauerten uns hinter die Büsche am Rand des Tümpels. Im Geäst des Baumes sahen wir undeutlich die Umrisse eines Menschen.

»Nun?« fragte ich.

Er starrte auf den Baum. Ein versterbendes Stöhnen klang zu uns herüber.

»Bleib' du im Anschlag hier«, sagte Janda. »Ich gehe hin, und wenn er sich rührt, knallst du los. Und Gnade ihm, wenn ich ihn in meinen Händen habe.«

Ich legte an, während Janda, das Gewehr schußbereit vor sich, durch den Tümpel zum Baum watete. Die Gestalt im Geäst rührte sich nicht. Janda rief den Deutschen an. Der blieb stumm und ohne Bewegung. War er bewußtlos?

Janda hängte sein Gewehr an einen Ast, zog ein Messer aus der Tasche, steckte es in den Gürtel und kletterte den Baum hoch.

»Janda!«, rief ich und lief in den Tümpel.

»Bleib. Ich schaffe es allein.« Er hatte den Deutschen im Geäst erreicht und zog das Messer aus dem Gürtel.

»Janda!«, rief ich. Aber der beugte sich jetzt über das Gesicht des Deutschen und schnitt dann mit einem raschen Griff den Fallschirm los, stieg einen Ast tiefer, so daß er den Deutschen über seine Schultern legen konnte, und kroch behutsam herunter, alle Äste beiseite biegend, die gegen den Körper des anderen schlugen.

»Vorsicht«, sagte er, als ich ihm half, den Körper zur Erde zu bringen. »Er ist verwundet.« Unter dem Hals des Deutschen sickerte Blut hervor. Wir trugen ihn durch den Tümpel zum Weg. »Vorsicht«, sagte Janda, als wir ihn niederlegten. Er zog seinen Notverband aus der Tasche und riß ihn auf. Ich schnitt die Kleider des Fliegers auf und beugte mich über sein Herz. Es war noch warm. Aber es schlug nicht mehr.

»Er ist tot.« Janda schwieg.

Das brackige Wasser des Tümpels stank.

Als wir auf dem Lastwagen ins Lager zurückfuhren, tauschten wir unsere Erlebnisse aus. Die anderen hatten zwei Flieger gefangen und den Behörden übergeben. »Und Ihr?« fragten sie uns. »Einen.« – »Und was habt Ihr mit ihm gemacht?« »Was hätte ich mit ihm machen sollen?« sagte Janda.

Alle schwiegen. Ich sah Janda an. Sein Gesicht hatte keinen Ausdruck.

St. Augustin

WIR FUHREN DIE GANZE NACHT UND BIS IN DEN Mittag. Man sagte uns nicht, wohin wir fuhren, denn wir waren Soldaten, die an die Front fuhren. Und wo die Front lag, mußte geheim gehalten werden. Wahrscheinlich wußten auch unsere Offiziere nicht, wo die Front lag. Und vielleicht nicht einmal der französische Generalstab. Wir fuhren also darauf los, und als wir in einem Dorf hielten, lasen wir auf der Ortstafel: St. Augustin.

Niemand wußte, wo das lag. Wir parkten neben dem Friedhof und suchten in der nächsten Straße Wasser zum Abkochen. Aber die Türen waren verschlossen und öffneten sich auch auf unser Klopfen nicht. Ein Mann mit einer Sense kam vorbei und sagte: »Da ist niemand zuhause. Hier haben die Feiglinge und Panikmacher gewohnt. Bis heute morgen. Da sind sie weggelaufen.«

»Warum?«

»Vor den Deutschen.«

Wir sahen uns an. Wir wußten nun, wo St. Augustin lag. »Wie weit ist die Front?« – »Das weiß nur Gott und die Deutschen selbst. Sie sollen nicht weit von der Marne sein. Irgendwo dort, hinter den Hügeln.« Und er wies mit einer weitläufigen Handbewegung gegen den Horizont hinter dem Friedhof. »Aber Sie finden Wasser in jedem Haus in der nächsten Straße. Und die Läden sind auch noch offen. Nur die Zeitung kommt seit zwei Tagen nicht mehr. Wir anderen«, schloß er mit einer Geste gegen die verschlossenen Häuser, »wir leben hier noch wie im Frieden.« Er schulterte seine Sense und ging mit langen, schweren Schritten in die Felder hinter dem Friedhof.

In der nächsten Straße fanden wir Wasser, offene Läden, frische Milch, noch warmes Brot. »Eh, vous Tschécoslovaques«, rief uns ein älterer Mann an, der in einem Lehnstuhl vor seinem Haus saß, »daß ihr uns nicht die Deutschen hereinlaßt.«

»Keine Sorge. Aber erst müssen wir mal an sie 'rankommen. Wie weit sind sie denn?«

»Weiter als euere jungen Nasen riechen können«, lachte er. »Es sei denn, ihr habt so feine Nasen wie unsere Ausreißer hier.«

Das Wasser in den Feldküchen war noch nicht heiß, als wir wieder aufbrachen. »Courage!« rief uns der Alte beim Wegfahren zu. Ein paar Kilometer weiter, im nächsten Dorf, luden Frauen Hausrat auf hohe zweirädrige Karren. Vor einem Hügel hielten wir, warteten, bis die Kompagnie zu Fuß nachgekommen war, und fuhren dann hinter ihr im Schritt den Hügel hinauf. Vor uns lag ein kleines Tal mit einer Eisenbahnlinie und gegenüber auf dem Hang ein kleines Dörfchen.

»Das ist Coulommiers«, sagte der Leutnant, »hier ist unsere Stellung.«

»Und wo sind die Deutschen?«

»Noch weit weg. Vielleicht dreißig Kilometer.«

Die Kompagnie grub sich ein. Eine Streife brachte aus dem Dorf einen Korb voll Käse und ein paar Dutzend Flaschen Wein. »Das Dorf ist leer«, berichteten sie. »Dreißig Kilometer hinter der Front«, sagte mein Beifahrer, der Korporal, »und das Dorf ist leer.« – »Prosit!« lachten die Jungen und tranken.

Als ich abends das Essen in die Stellungen fuhr, hörte ich Kanonendonner. »Dort ist die Front«, sagten die Jungen, »und dazwischen liegt noch die Marne. Sobald kriegen wir die Deutschen nicht zu sehen. Warum die Leute hier nur weggelaufen sind?« Alle waren jetzt guter Laune. Die Flaschen waren leer.

Auf dem Bahndamm stritt ein tschechischer Offizier mit französischen Soldaten. »Alle Eisenbahnübergänge müssen in die Luft«, brachte er mühevoll auf französisch hervor. »Sauter les ponts. Die Brücken sprengen!« – »Bien dit«, sagten die Franzosen, »wir warten hier schon drei Tage vergebens auf Dynamit. Jetzt haben wir genug.« Und sie marschierten mit ihrem

Sergeanten ab. »Legt Bäume über die Brücken«, sagte der Offizier resigniert zu seinen Soldaten.

Der Kanonendonner hielt an. »Die sind keine dreißig Kilometer von hier«, sagte der Korporal neben mir. »Das soll mir keiner einreden. Ich kenne das aus Spanien.«

»Wie weit sind sie also?«

»Glaub' was du willst.« Er zuckte mit den Achseln.

Ich glaubte an die dreißig Kilometer. Ich hielt das für Mut.

Wir parkten die Wagen in einem Wäldchen beim Bataillonskommando. Ich schlief, über das Lenkrad gelehnt, sofort ein. Einmal wurde ich durch Maschinengewehrschüsse aufgeweckt. »Wie nervös doch die Jungen in der Nacht sind«, dachte ich. Ich versuchte, mich bequemer zu legen. »Morgen muß ich mir hier einen bequemen Unterstand bauen.«

Jemand riß mich von neuem aus dem Schlaf. »Ankurbeln. Wir fahren weg.« »Wohin?« Niemand wußte es. Wir fuhren aus dem Wald. Es dämmerte. Wir hielten. Warteten. Man hörte keinen Laut. Es roch nach Erde, Wiese und Wald. Es roch nicht nach Krieg. Da sagte einer: »Wir sind auf dem Rückzug«. Wir lachten. »Vor wem?«

Wir fuhren weiter. Vor einer Straßenkreuzung stießen wir auf einen Panzerzug, der wartete, bis die Straße frei wurde, auf der eine lange Kolonne Lastwagen mit Mannschaft und Material vorüberfuhr. Wir grüßten die Fahrer lärmend und lustig. Sie sahen erstaunt zu uns herüber und winkten müde zurück. »Wohin?« fragten sie. »Wir wechseln die Stellung.«

Auf dem Sammelplatz fragte ein Offizier: »Ein Lastwagen ist im Wald stecken geblieben. Wer will freiwillig zurückfahren und ihn abschleppen?« Fast alle meldeten sich. Einer fragte: »Warum Freiwillige? Es gibt doch weit und breit keine Deutschen?« Der Offizier antwortete nicht. Das Los fiel auf mich.

Ich fuhr die Straße zurück, durch das leere Dorf, über die Wiesen, zwischen den Feldern, in den Wald. Der Lastwagen lag schief im Graben. Kein Lenker, kein Beifahrer. Der Motor war durch eine Handgranate zerstört und der Wagen war zum größten Teil entleert. In einem glimmenden Feuer lagen halbverbrannte Papiere.

»Komm, schnell«, sagte mein Beifahrer. »Da stimmt etwas nicht.« Plötzlich war die Stille im Wald unheimlich. Und noch unheimlicher war, daß in dieser Stille Vögel sangen.

Ich gab Vollgas. Nur aus dem Wald heraus! Aber die Felder waren noch einsamer und die Wiesen waren unendliche Räume von Leere und Alleinsein. Die Straße, die die Tankkolonne eben noch mit rasselndem Lärm erfüllt hatte, war so still und so leer, und die Türen, Tore und Fenster verlassener Dörfer waren hunderte finstere Schlünde voll Nacht, Nichts und Feindseligkeit.

»Schneller«, drängte der Korporal.

Endlich waren wir wieder auf dem Sammelplatz. Und im Lärm der aufbrechenden Kolonne schämten wir uns unserer Panik.

»Wir fahren in die neue Stellung«, sagte man uns. Wir fuhren, immer wieder haltend und wartend, ein paar Kilometer, wieder durch ein leeres Dorf. »Da waren wir gestern«, sagte jemand. »Halluzinationen«, dachten wir. Dann fuhren wir einen langen Hang hinunter zum nächsten Dorf. Vor dem Dorfeingang stand eine Tafel mit dem Ortsnamen: »St. Augustin«.

»Vielleicht gibt es zwei St. Augustin«, bemühte sich einer zu sagen.

Aber da lag die Straße vor uns, in der wir gestern warmes Brot gekauft hatten. Und da saß der Alte vor seinem Haus und winkte uns zu.

Es war ein Rückzug.

Die Läden in der Straße waren geschlossen. Vor einigen Häusern standen die hohen zweirädrigen Karren, die wir schon gestern hinter unserer Stellung gesehen hatten. Die Leute luden aufgeregt ihre Habe auf, schlugen dann auf die Pferde ein und suchten schnell wegzukommen. Aber die Straße war schon vollgestopft und sie mußten, zwischen unsere Wagen gedrängt, warten. Manche Frauen weinten und die Augen der Kinder waren müde und verstört.

Jemand erzählte, deutsche Motorradfahrer seien von Coulommiers her vor einer Stunde durch den Ort gekommen. Wir widersprachen. Aber ohne Erfolg. Das Gerücht verbreitete sich schnell, alle wurden nur noch ungeduldiger und drängten vorwärts. Die Straße war noch immer nicht frei.

Eine alte Frau kam vorüber und die Leute auf dem Karren fragten sie: »Mutter Robert, kommst du nicht mit?« – »Wie kann man denn fortgehen?« In ihren Augen glänzten Tränen. »Man kann die armen Tiere doch nicht allein lassen. Seht doch selbst …« Und sie wies auf die Kühe, die mit ungemolkenen Eutern in den überreifen Feldern standen und vor Schmerz brüllten.

»Ja«, sagten die Bauern, »die Klugen haben das Vieh mitnehmen können. Die sind rechtzeitig weg. Jetzt ist keine Zeit mehr dafür. Wir waren eben dümmer, als die dort«, und sie wiesen auf die verschlossenen Häuser neben dem Friedhof.

Wir fuhren wieder ein paar Schritte weiter und da saß der Alte in seinem Lehnstuhl vor dem Fenster. Er winkte allen Vorbeifahrenden zu und den Zivilisten gab er Ratschläge, wohin sie fahren und wo sie am besten übernachten sollten.

»Bleibt immer zusammen«, rief er mit seiner dunklen, tönenden Stimme über die Straße. »Und Courage! Die Deutschen können das Land erobern. Aber nicht unsere Herzen.«

»Ja, Vater Dionne«, sagten die Leute auf dem Karren. Aber sie hörten nicht richtig hin und drängten nur immer zwischen den Lastwagen vorwärts.

»Geschlagen ist noch nicht erniedrigt«, rief der Alte in den Tumult. »Ihr müßt aufrecht stehen und ihr braucht ein starkes Herz dazu.«

»Ja, père Dionne«, sagten die Leute wieder mit der gleichen ausdruckslosen Stimme.

Unsere Kolonne setzte sich langsam in Bewegung. Ein paar Zivilisten sprangen auf meinen Wagen. »Adieu, père Dionne«, grüßten sie. »Gott mit Euch!« rief er zurück, und zum letzten Mal hörte ich sein starkes, schallendes »Courage!«.

»Ein großer Mann«, sagte ich zu einem der Zivilisten. »Es gehört viel Mut dazu, nicht wegzulaufen und allein hier auf die Deutschen zu warten.«

»Ja«, antwortete er. »Père Dionne ist ein armer Mann. Er ist seit dem letzten Krieg auf beiden Beinen lahm und kann nicht weg. Ein Krüppel. Aber Mutter Robert wird für ihn sorgen.«

Ich schwieg. St. Augustin lag hinter uns. Neben der Straße lagen, ordentlich in Reihen geschlichtet, hunderte Kisten Dynamit.

Zehn Minuten

Sie waren da, bevor wir es erwartet hatten. Als die ersten Motorräder über die Brücke fuhren, schossen wir. Einer fiel hin und die anderen machten kehrt. Wir schossen aufgeregt weiter. Noch einer fiel und kroch zurück. Sie verschwanden in der Dorfstraße. Wir schossen noch immer weiter. »Feuer einstellen!« rief Seno. »Spart mit der Munition.« Klepetař hielt als letzter mit dem Schießen inne.

Wir hörten von drüben deutsche Befehle. Sie gruben sich ein. In ein paar Minuten würde es beginnen. In irgendeinem Winkel unseres Bewußtseins waren wir enttäuscht. Ohne es uns einzugestehen, hatten wir gehofft, daß sie nicht kommen würden. Nun waren sie da. Im nächsten Augenblick würden sie zu feuern beginnen. Es war das Ende. Wir würden den Abend nicht mehr erleben. Wir waren noch jung. Das Ganze war sinnlos. Der französische Stab opferte uns. Wir waren eben nur fremdländische Soldaten. Eine tschechische Kompagnie an einer Brücke, die die Franzosen aus Nachlässigkeit nicht gesprengt hatten.

Ob es wohl schmerzvoll sein würde? Hoffentlich würde ich nicht schreien müssen. In einem Schützengraben bei Verdun wurde im letzten Krieg eine ganze Kompagnie durch eine einzige Bombe verschüttet. Alle starben. Die Bajonette ragen noch heute aus der Erde. Amerikaner haben ein Marmordach über dem Schützengraben mit den Bajonetten errichtet. Wir haben unsere Bajonette nicht aufgepflanzt. Uns wird niemand ein Marmordach errichten. Wir sind Namenlose. Frankreich ist schon zusammengebrochen. Die Deutschen sind vorgestern in Paris eingezogen. Der Widerstand ist sinnlos. Die französischen Kompagnien links und rechts haben sich vor fünf Stunden zurückgezogen. Der französische Stab opfert uns, weil wir fremdländische Soldaten sind. Das ist das Ende. Das ist nicht das Ende. Wir werden nicht geopfert. Wir sind noch jung. Wir werden abends noch am Leben sein. Werden wir abends noch am Leben sein?

Ich habe sieben Handgranaten und dreihundert Gewehrpatronen. Seno sagt: »Nicht schießen ohne zu zielen. Wir müssen mit der Munition sparen. Man muß sich ducken, wenn sie schießen, und schießen, wenn sie innehalten.« Seno sagt: »Sie sind nur eine kleine Späher-Streife. Wahrscheinlich ohne Minenwerfer. Gegen Maschinengewehre sind wir gut gedeckt.«

Wieder deutsche Befehle. Das sind sie also. Sie jagten mich aus der Heimat. Und dann über den ganzen Kontinent. Und jetzt von der Front. Bisher waren sie nur Schatten. Jetzt sind sie Wirklichkeit. Ich höre ihre Befehle. Ich habe schon auf sie geschossen. Fühlte ich etwas dabei? Gleich werden sie schießen. Seno sagt, er könnte sie alleine aufhalten. Hier oben haben wir eine ausgezeichnete Schußposition. Ich greife an den silbernen Schlüssel, der an meinem Armband mit der Erkennungsmarke hängt. Seno sagt, daß der Spaß gleich losgehen wird. In zehn Minuten werden wir uns daran gewöhnt haben. Das Amulett ist natürlich Aberglaube. Aber es macht doch ruhiger. Wenn wir uns daran gewöhnt haben, werden wir uns so wohlfühlen, wie mit einem Mädchen im Bett, sagt Seno. Das ist nicht wahr, denken wir. Vielleicht ist das wahr, denken wir.

Seno ist ein wundervoller Kerl. Seno hat recht. Die ersten zehn Minuten. Er muß es wissen. Er hat an sieben Feldzügen teilgenommen. Er ist fünfmal verwundet worden. Er hat zwei lange Reihen Auszeichnungen. Er lebt noch. Das ist ein statistischer Beweis. Seno ist unser guter Vater. Seno ist …

Drüben kracht es los. Ich zucke zusammen. Es pfeift vor, hinter mir, über mir. Seno schreit »Feuer!« Ich drücke ab. Ich habe zu zielen vergessen. Bendas Maschinengewehr knattert. Ich ziele auf das Tor in der Gartenmauer. Drücke ab. Repetiere, ziele, drücke ab. Es saust, pfeift, knattert, Äste knacken, Erde stäubt auf. Nur schießen, nur schießen. In ein paar Sekunden

ist es zu spät. »Klepetař«, schreie ich, »warum zielst du nicht?«
Der eigene Lärm macht Mut. Unser Knallen ist eine Schutz-
wand gegen ihr Feuer. Sie haben drei Maschinengewehre. Seno
hat recht. Sie haben keine Minenwerfer. Sie schießen sich erst
ein. Das Feuer kriecht näher. Die Erde spritzt vor unseren
Löchern auf. Die Erde spritzt hinter unseren Löchern auf. Ich
ziele auf ein Mündungsfeuer, drücke ab. Und nochmals. Es
blitzt noch immer. Nochmals. Nochmals. In ein paar Sekunden ist alles aus. Es pfeift neben meinem Ohr. Ein Ast splittert
ab und fällt auf meinen Helm. Nochmals. Sie schießen zu
hoch. Ob ich schon einen getroffen habe? Nochmals. Sie treffen ja nicht. Wie gut! Unsinn. Ein Treffer in den nächsten
Stunden genügt. Ein Treffer in vier Stunden. Wieviel Minuten
dauert es noch? Wieviel Ewigkeiten dauert es noch?

Es ist eigentlich gar nicht so viel Lärm wie ich glaubte. Ich
greife an den Silberschlüssel. Ich bin in Schweiß gebadet. Wie
soll ein Amulett helfen können? Warum nennt man das Trom-
melfeuer? Das Amulett hat mir Anna gegeben. Zwischen den
einzelnen Garben sind lange Pausen. Anna. Das war in einem
anderen Leben. Das war nicht ich. Jetzt ist eine besonders lange
Pause. Es ist fast langweilig. Am Anfang war es dramatisch.
Wie lange ist es her, daß es Anfang war? Es war auch am Anfang
nicht dramatisch. Die Spannung war nur in mir. In uns. Das
kommt aus den Kinos. Von den Phrasen, in denen wir denken.
Eine Phrase ist der Heldentod. Eine Phrase ist, daß man immer
nur schießt, um zu treffen. Klepetař schießt, weil ihm der
Lärm Mut macht. Ich schieße auf ein Tor, auf ein Fenster, auf
ein Mündungsfeuer, auf einen Raum. Wenn ich und die anderen nicht schießen, laufen die Deutschen über die Brücke.

Jetzt knallen sie drüben wie wild. Seno ruft: »Achtgeben,
sie werden stürmen.« Sie kriechen, schleichen, springen und
stürmen. Gegen unser Feuer. Sind sie Menschen? Einer fällt
und kriecht weiter. Neben mir schießt einer in regelmäßigen
Abständen, wie eine Uhr. Wer liegt eigentlich neben mir? Seno
kriecht nach vorne. Ich drücke ab. Nochmals, nochmals. Die

46

vordersten sind schon über die Hälfte der Brücke. Noch zwanzig Meter, und nur noch sieben Handgranaten sind zwischen mir und ihnen. Ich habe Seno vergessen. Das Gewehr neben mir knallt nicht mehr. Seno ist unten, am Straßenrand, im Gebüsch. Er hat Handgranaten geworfen. Sie platzen mitten auf der Brücke. Kein Laut von dem Mann neben mir. Ich drücke ab. Ich wische mit der Hand den Schweiß aus meinem Gesicht. Ich stinke. Seno wirft Handgranaten in Bündeln. Benda knattert. Ich drücke ab. Alle drücken ab. Nochmals. Nochmals. Alle drücken ab. Ich ziele auf den kleinen Soldaten in der Mitte. Alle drücken ab. Wieviel Meter noch? Alle drücken ab.

Sie ziehen sich zurück. Es ist alles nicht so arg. Ihre Geschosse treffen nicht. Ich blicke zur Seite. Das Gewehr an meiner Seite war Adler. Sein Gesicht ist in den Händen vergraben. Sein Bein zuckt in ekstatischen Krämpfen. Er gibt keinen Laut von sich. Ist das so, wenn man verwundet wird? Keine Geste? Kein Aufschrei? Eine Uhr hört auf zu arbeiten. Ein Gewehr knattert nicht mehr. Ein Bein zuckt. Das Blut fließt in die Erde.

Und doch. Sie treffen nicht. Da ist nur Adler. Warum verbindet er sich nicht? Soll ich aus meinem Loch kriechen und ihm helfen? Es pfeift und knallt noch. Ich drücke ab. Sie sind fast schon wieder hinter der Brücke. Einer bemüht sich, zurückzukriechen. Ich kann sein Blut sehen. Ich ziele und drücke ab. Nochmals, nochmals.

»Feuer einstellen!« ruft Seno. Meine Lippen brennen. Das Feuer von drüben stirbt ab. Ich krieche zu Adler. Seno ist auch da. Wir verbinden ihn und ziehen ihn nach hinten. Er stöhnt. Ich krieche in mein Loch zurück. Ich lege mich auf den Rücken. Ich atme tief aus. Meine Glieder sind steif, wie nach einem langen Marsch. Meine Hände zittern. Mein Herz schlägt schneller. Ich bin müde. Ich habe Durst. Ich nehme einen Schluck aus der Feldflasche. Ich spüle das Wasser langsam durch die ganze Mundhöhle.

Was war das, woran ich mich erinnern wollte? Fühlte ich etwas, als ich auf den ersten Deutschen schoß? Fühlt niemand, wenn er auf Menschen schießt? Wann habe ich zum erstenmal geschossen?

Ich schaue auf meine Uhr. Eineinhalb Stunden sind vergangen, seitdem es begonnen hat. Ich dachte, es waren zehn Minuten. Die ersten zehn Minuten, von denen Seno sagte, daß nachher alles leichter ist.

Der farbige Soldat

Die Strasse glich einem Strom, der über die Ufer getreten war. Seit Wochen flutete der Norden Frankreichs gegen Süden. Flüchtende Zivilisten mit Hausrat, Tieren und Kindern, ganze Bauernhöfe mit Pferden, Hunden, Traktor und Dreschmaschine wanderten auf der Straße; evakuierte Fabriken mit Maschinen, Waren, Arbeitern und ihren Familien; Menschen in allen Vehikeln, Menschen in Autos, Menschen auf Fahrrädern, Leiterwagen, Kohlenfuhren, Menschen in Krankenfahrstühlen; Kinder im Kinderwagen, Kinder auf dem Arm, Kinder auf dem Rücken der Mutter, Kinder auf Maschinengewehrkarren – alles floh nach dem Süden. Und dazwischen die Soldaten. Kompagnien und Regimenter, Armeen in Auflösung, Kanonen und Munitionsautos, Motorräder und Mannschaftswagen, Feldküchen und Flakgeschütze, Pferde und Tanks; gemeine Soldaten und Offiziere, Helden und Deserteure, Franzosen, Belgier, Engländer, Polen, Tschechen; Weiße, Schwarze, Gelbe; Verwundete und Verzweifelte, Humpelnde und Heitere, Gesunde und Todkranke – alles floh nach dem Süden.

Jede Position, die die Franzosen verloren, brach einen neuen Damm, und aufgestaute Menschenmassen, Wagen, Tiere und Soldaten fluteten in sich überstürzenden Wellen gegen Süden. Pferdegespanne überholten Fußgänger, Lastwagen die Radfahrer, Personenwagen die Lastautos. Man ging, lief, fuhr, ritt, humpelte auf der Straße und bald neben ihr, weil sie die Flut nicht mehr faßte. Breite Wagenfurchen, niedergetretene Wiesen, hartgestampfte Felder zogen sich neben der Straße hin – der Strom war aus den Ufern getreten, ein Meer wälzte sich nach dem Süden.

Aber vor den Flüssen machte es halt. Klein und eng waren die Brücken für das flüchtende Meer. Vor vierundzwanzig

Stunden war die deutsche Armee, ohne einen Schuß abzugeben, ungehindert in das Herz Frankreichs, nach Paris, eingedrungen. Hier, auf dem Weg nach Süden, warf man ihr eilig Hindernisse in den Weg, Steinbarrieren, quer über die Straßen, die Brücken gebaut. Und zwischen diesen Steinbarrieren drängte sich der große Flüchtlingsstrom durch, große Kanonen und kleine Kinder, Mädchen aus Paris und indochinesische Soldaten, Bauern mit ihren Kühen und Fremdenlegionäre mit der Feldflasche voll Wein, Karren, Zirkuswagen und Tanks. Vor den Brücken staute sich der große Strom und nur ein kleines Äderchen floß weiter nach dem Süden, stockend, schrittweise, haltend und wartend. Die überstürzende Flut brach zusammen, floß in die Breite, über die Straßenränder, gegen die Brückenköpfe und Flußufer. Die Fußgänger überholten die Autos, und in der vollgepfropften Straße blieben die Motorräder neben den Pferdegespannen stecken. Man spannte die Pferde aus, warf die Fahrräder weg, ließ die Autos stehen und lief und marschierte und kroch und hinkte über die Brücke, die morgen, heute nacht, in einer Stunde vielleicht schon vor den vormarschierenden Deutschen gesprengt werden sollte.

Und in dieses Menschenmeer, wo es sich am dichtesten ballte, tauchten die deutschen Flugzeuge mit Bomben und Feuer, setzten Häuser, Wagen, Pferde und Menschen in Brand, schossen die fliehenden Frauen, Kinder und Soldaten ab, ungehindert, bequem, wie Meerschaumpfeifen in den Schießbuden auf dem Rummelplatz.

Auf einer dieser bebenden Straßen, die an diesem Tag Rettung, Heim oder Tod für Millionen Menschen waren, sah ich ihn. Er war lang, hager, schwarz, schnurrbärtig und trug einen hellen Fez. Ich weiß nicht, ob er aus Algier war oder aus Tunis, ein Marokkaner oder Spahi. Er ging neben einem Bauernwagen her, auf den er Tornister, Feldflasche und ein Maschinengewehr gelegt hatte. Seine Schritte waren ruhig und bedächtig und seine Augen still und tief. Der Bauer auf dem Wagen trank ihm von Zeit zu Zeit aus einer großen Flasche roten Wein zu,

und er sagte ihm in einem französisch-afrikanischen Kauder-
welsch Dank.

Die Straße war eben in Aufregung geraten. Ein großer
Personenwagen mit einem Chauffeur in Livree, zwei Damen
und vielen Koffern drängte sich durch die Lücken im Strom
nach vorne. Man murrte. Es hatte jeder seine Zeit zu warten,
bis er über die Brücke kam, der Arme und der Reiche, der
Weiße und der Schwarze, die Frau und der Soldat. Aber die
beiden Damen hielten sich nicht an dieses Gesetz der flüchtenden Straße, und wo sich zwischen säumenden Wagen oder
Autos, deren Lenker vor Ermattung eingeschlafen waren, eine
Lücke bot, hielten sie ihren Fahrer an, sich vorzudrängen.

Als er an dem Afrikaner vorbei wollte, wich dieser nicht
aus dem Weg. Der Fahrer schrie ihn an, sie kamen in Streit.
Der Mann im Fez sagte etwas in seinem unverständlichen Kau-
derwelsch, wies auf die anderen Wagen und Flüchtlinge und
machte eine beschwichtigende Gebärde. Jeder hat seinen Platz
hier, hieß das. Und dann setzte er seinen bedächtigen Schritt
fort. Der Chauffeur begann zu schimpfen und die feinen
Damen wurden unfein. Die Straße mischte sich ein, für und
wider. Manche, die eben noch gemurrt hatten, fanden es uner-
hört, daß der Farbige sich dem Auto in den Weg stellte. Man
schrie, zankte und ereiferte sich. Ein junger Offizier in tadellos
gebügelter Uniform stellte sich mit galanter Verbeugung den
Damen zur Verfügung, schrieb sich Namen und Stammnum-
mer des Afrikaners in ein ledergebundenes Notizbuch und
fuhr ihn dann grob und hoffärtig an. Der Afrikaner bemühte
sich, ein paar verständliche Worte aus der Kehle zu stoßen, der
Offizier rief nach Feldgendarmen, um ihn verhaften zu lassen,
die Straße erhitzte sich im Gezänk, eine der Damen sagte: »So
ein farbiger Hund«, der Chauffeur schickte sich an, rücksichts-
los vorzufahren, man schrie und drohte, die Hupe heulte … da
kamen die deutschen Bomber. Alles sprang aus den Wagen und
Autos, warf sich zur Erde, in den Straßengraben, lief in die Felder, die angrenzenden Wälder. Mütter legten sich über ihre

Kinder, Männer schützten Frauen mit ihrem Leib, Hunde drängten sich an die großen Pferde, Katzen duckten sich. Hingemäht lag die Straße vor den niederstürzenden Flugzeugen, an die Schollen gepreßt lagen die Menschen in den Ackerfurchen – es war niemand da, der aufrecht stand.

Nur einer, lang, hager, schwarz, nun Feuer in den Augen unter dem weißen Fez. Über ihm dröhnten die Bomber. Und er stand aufrecht, allein, weithin ein ragendes Ziel, auf der Straße, die gebeugt zu seinen Füßen lag. Er hatte sein Maschinengewehr auf die Schultern gesetzt und schoß, mit leichter Hand, wie aus einer Kinderflinte, gegen die anstürzenden Flugzeugwellen.

Die Straße war eine Hölle. Bomben krachten, Bäume splitterten, Staub, Mörtel, Erde, Sand flog durch die Luft; Kinder, Frauen, Männer, Pferde, Kühe schrien; der Boden wankte, die Luft pfiff, dröhnte und zitterte, und nur der Mann im weißen Fez stand aufrecht zwischen Wagen, Tieren und liegenden Menschen und schoß. Kleine Flammen sprangen aus dem Maschinengewehr, sein Kopf lag zurückgelehnt, die Hände waren um den vibrierenden Lauf gepreßt, bedächtig zielend zog er die Kreise der zirkelnden Flugzeuge nach, setzte nur ab, um ein Magazin zu wechseln, und schoß wieder weiter, aufrecht, breitbeinig gegen die zitternde Erde gestemmt …

Dann war alles vorüber. Die Menschen erhoben sich, das Ameisengewimmel auf der Straße erwachte von neuem, und ohne Bomben, Knattern und Dröhnen klang der aufgeregte Lärm der Menschen nun gedämpft und leise. Um den afrikanischen Soldaten standen ein paar Menschen und klopften ihm auf die Schulter, wie einem Rennpferd, das gut gelaufen ist. Der junge Offizier, dessen Bügelfalten nun von Erde beschmutzt waren, empfahl sich verlegen von den Damen, und der Bauer reichte dem Mann im Fez die große Weinflasche. Der Afrikaner sagte etwas in seiner gurgelnden Muttersprache, man lachte ihm zu und vergaß, daß man ihn vor ein paar Minuten noch beschimpft hatte …

Vor uns aber, in der Dämmerung des hereinbrechenden Juniabends, lag die Stadt Gien in Brand. Und das Schieben, Drängen und Hasten zur Brücke begann von neuem. Zur Brücke über die Loire, die – mit Toten besät, aber doch unversehrt – aus der zertrümmerten, brennenden Stadt nach dem verheißenden Süden führte ...

Eine Woche später sah ich ihn wieder. Frankreich war gefallen. Die zerschlagene Maschine funktionierte nicht mehr. Jede Bewegung war sinnlos. Aber noch immer wälzte sich das Meer von Flüchtlingen nach dem Süden. Wozu? Wohin? Niemand wußte es. Die mitgenommenen Vorräte waren bald aufgezehrt, Städte, Dörfer, Bauernhäuser an der großen Straße bald leergegessen, und noch immer marschierten Millionen Flüchtlinge dem Süden zu. Hunderttausende Soldaten hatten ihre Truppenteile verloren, ihre Feldküchen und Verpflegungsstellen.

Bald konnte man auch für teures Geld kein Brot mehr kaufen. Die flüchtenden Zivilisten standen die Nacht durch Schlange vor den Bäckerläden. Die Feldküchen teilten aus, solange in den Kesseln etwas war. Wer kam, bekam. Franzosen, Belgier, Fremdenlegionäre, Weiße oder Farbige. Aber es reichte nicht.

Gruppen von Soldaten bogen von der Hauptstraße ab, marschierten quer über das Land, wo die Höfe noch voll, die Not noch nicht zuhause war. Die Bauern gaben zuerst freiwillig, dann zögernd, weil jeden Tag so viele kamen, dann schlossen sie die Türen. Sie hatten Kinder und Eltern, und alle hatten Mägen.

In diesen Tagen sah ich zum erstenmal, daß farbigen Soldaten, die Essen kaufen wollten, die Tür vor der Nase zugeschlagen wurde. Die Farbigen hielten zusammen. Sie teilten, was sie an den seltenen Proviantstellen bekamen, was ihnen weiße Kameraden von den Autos zuwarfen. Sie stahlen nicht mehr und nicht weniger als andere hungrige Soldaten, ein Huhn, eine Handvoll Äpfel, Kartoffeln. Sie marschierten nach dem Süden, zum Meer, hinter dem ihre Heimat lag.

Ich war auf dem Weg zum Sammelplatz der tschechischen Brigade. Jeden Abend bog ich von der Hauptstraße ab, um Abendbrot und ein Nachtlager zu finden. Und jeden Abend mußte ich weiter von der Straße abbiegen, um noch ein gastfreundliches Haus zu finden.

Es war in der Nähe von Luant. Ein Gewitter hatte eben aufgehört und ein zweites schien nachkommen zu wollen, ehe die Sonne hinter den Hügeln verschwand. Ich war müde. Ein paar Bauern hatten mich abgewiesen, sie hatten für diese Nacht schon Soldaten aufgenommen. Häusler hatten mir ihren leeren Spind gezeigt. Sie waren selbst ohne Abendbrot. Und ich hatte seit dem frühen Morgen nicht gegessen.

Ich ging über die Felder. Alles war ganz still. Die Erde roch schwer, blaß lag die Sonne über dem Hügel. Verlassene Geräte lagen auf den Feldern, schwarze Vögel saßen in den Ackerfurchen. Das Land war einsam, leer.

Vor der verschlossenen Türe eines Bauernhauses stand ein farbiger Soldat. Man hatte ihn eben abgewiesen. Unschlüssig kam er auf mich zu und sagte etwas in einem unverständlichen Gemisch von Lauten, die aus der Kehle und der Nase kamen. Ich zuckte mit den Achseln. Er machte die Gebärde des Essens und sagte: »Pain, pain, Brot«. – »Pas de pain«, erwiderte ich und schüttelte den Kopf, »ich habe kein Brot.« Er lachte verständnisvoll. Da erkannte ich ihn an seinen Augen. Die waren jetzt nicht still, noch feurig, nur müde und vielleicht sogar verzagt. Er schien viel mitgemacht zu haben in dieser Woche. Er sah verwildert aus. Sein Fez war nicht mehr hell, sein Gesicht eingefallen, die lange Gestalt noch hagerer, der Bart struppig. Seine Schuhe waren aufgerissen, man sah die aufgeriebenen Zehen durch. Er hatte keine Waffen mehr, nur noch ein langes, gebogenes Messer an der Seite. Und einen leeren Brotbeutel.

Er fragte mich etwas. Ich verstand nicht. Er zog einen Zettel aus der Tasche und wies auf ein paar Ortsnamen. Jemand hatte ihm seine Marschroute aufgeschrieben. Neben dem letzten der vielen Namen stand: »Ravitaillement«, Verpflegungsstelle. Ich kannte die Orte nicht, sie lagen nicht auf meinem Weg. Ich schüttelte wieder den Kopf. Er wies auf den Zettel und sagte etwas Ungeduldiges, Unwirsches. Ich war wahrscheinlich nicht der Erste, der ihn abwies. Ich erklärte ihm: »Je ne suis pas Français – ich bin kein Franzose«. Er sah mich verständnislos an. »No Français«, wiederholte ich. Er sah auf meine französische Uniform. »Allié, soldat allié«, versuchte ich zu erklären. »Tschécoslovaque, verbündeter Soldat.« Sein Gesicht blieb ausdruckslos. »Allié, Allié«, wiederholte ich. Plötzlich verstand er. Das Weiche verschwand aus seinen Augen, er griff zu seinem Messer. »Allemand, Allemand …«, schrie er. »Nein, nein«, rief ich, »non Allemand, Allié, frère, camarade, soldat camarade, soldat allie, Tchéco.«

Er ließ langsam sein Messer los, sein Gesicht arbeitete, um das Wort zu begreifen. »Soldat camarade«, sagte er mühevoll. Er schien zu verstehen. »Tchéco.« Das mußte so etwas sein wie er. Einer, der Hunger hatte, der müde war und allein, verloren auf den langen Straßen, die heimwärts führten, einer, dem man auch die Tür vor der Nase zuschlug, obwohl er eine weiße Haut hatte.

So gingen wir gemeinsam weiter. Wir sprachen nicht. Wir verstanden uns nur, wenn wir nicht redeten.

Im nächsten Bauernhaus wies man uns ab. Ich hörte die Frau hinter der Tür sagen: »Ils sont méchants, les Marrocains, j'ai eu peur«. Sie hatte Angst vor meinem Gefährten. Wir gingen über die langen Hügel, ins nächste Tal. Man wies uns immer wieder ab. Er verstand bald, warum. Bevor wir an eine Tür anklopften, strich er sich mit einer verlegenen Geste über das Gesicht, als ob er dessen Wildheit wegwischen wollte. Und wenn man öffnete, bemühte er sich, verbindlich zu lachen. Wir waren müde, hungrig und verdrossen. Wenn ich jetzt an einer Tür vorsprach, blieb er ein paar Schritte zurück, um durch die Entfernung die Wirkung seiner Erscheinung abzuschwächen. Vergebens.

Die Sonne ging unter, es regnete. Wir wurden naß und kalt. Erdklumpen hefteten sich an unsere müden Füße. Wir stolperten über den Feldweg zum letzten Haus im Tal.

Als wir in den Eingang traten, blieb er zurück. Ich öffnete die Tür in die niedrige Stube. Sie war warm, heimisch, und es roch nach Essen. Um den Tisch saßen ein paar Frauen und ein junges Mädchen. Vor ihnen stand Suppe, Käse, Brot und Wein. Ich bat um ein Abendbrot. »Ja«, sagte eine Frau und trat zur Tür, »Sie können ein paar Eier haben.« Da erblickte sie den anderen. »Gehört der zu Ihnen?« Ich sah ihn draußen auf dem Hof stehen. Er bemühte sich, verlegen, zu lächeln. Es regnete. Ich war hungrig. Die Wärme in der Stube machte mich noch müder. Das war das letzte Haus im Tal. Auf dem Tisch standen volle Schüsseln. Das junge Mädchen setzte schon den Teller für mich zurecht ... »Nein«, sagte ich. Und die Frau schloß hinter mir die Türe.

Durch das Fenster sah ich, wie er eine Weile verständnislos auf die geschlossene Tür blickte. Dann drehte er sich unendlich langsam um und ging davon. Den Hügel hinauf, über die Felder, langsam, steif, müde. Seine lange, hagere Gestalt stand schwarz gegen den Abendhimmel. Er ging allein, aufrecht wie auf der Straße vor Gien, quer über die leeren Felder, irgendwohin in die Nacht. Einer von hunderttausenden verlorenen Soldaten. Gierig aß ich die gehäufte Schüssel leer. Ich schämte mich.

In der Fünften Kolonne

Schuld daran war der Korporal in der Regimentskanzlei, der Martins Militärbuch bei der vorgesetzten Behörde erst am Tage bestellte, als sie an die Front gingen. Und als die vorgesetzte Behörde das Militärbuch abgesandt hatte, gab es keine Front mehr und Martin irrte allein umher, irgendwo auf dem Weg nach Südfrankreich. Eines Abends kam er, weit weg von den großen Straßen, auf denen sich der Krieg nach dem Süden ergoß, in ein kleines Bergdorf und bat in einem Bauernhaus um Essen und Nachtlager.

»Wer sind Sie?« fragte der Bauer.

»Ein Soldat der tschechoslowakischen Armee.«

»Was für eine Armee?« Die Leute in der Stube horchten auf.

»Der tschechoslowakischen.«

»Tschechoslowakischen?« wiederholte er. »Was ist das? Auf welcher Seite kämpft die?«

»Für Frankreich.«

»Haben Sie Papiere?«

»Nein, nur meine Erkennungsmarke.«

»Die können Sie gefunden haben.«

»Ich habe sie aber nicht gefunden und ich habe tschechische Papiere auf den gleichen Namen.«

»Ich kann nicht tschechisch lesen.«

»Ich habe eine französische Ausrüstung.«

»Die können Sie einem Toten ausgezogen haben.«

»Ich habe sie aber keinem Toten ausgezogen, sondern im Depot bekommen.«

»Können Sie das beweisen?«

Martin wechselte seine Taktik. »Ich habe englische Papiere. Ich kam aus England.«

»Wieso kamen Sie aus England, wenn Sie ein Tschlowake

sind? Und wieso sind Sie nicht in der englischen Armee, wenn Sie aus England kommen?«

»Weil ich ein Tschechoslowake bin.«

»Was sind das, Tschechoslowaken?«

»Leute aus der Tschechoslowakei. Das ist eine Republik wie Frankreich und ein Land, das wie Polen von den Deutschen besetzt wurde.«

»Eine Republik wie Frankreich«, er schien beruhigt, »ein Land wie Polen? Dann sind Sie doch ein Verbündeter.«

»Ja«, Martin atmete auf, »natürlich ein Verbündeter.«

»Wieso haben Sie dann keine Papiere?«

Martin seufzte bloß tief und sagte: »Ich habe Hunger.«

Der Bauer nahm ihm die Erkennungsmarke ab, hieß seine Frau, ihm aufzutischen, und ging aus der Stube. Martin hörte ihn draußen sagen: »Paßt auf, drinnen sitzt ein deutscher Spion. Ich gehe zum Maire.«

Die Frau setzte Martin Bratkartoffeln, Omelette, Käse und Wein vor. Er dachte: »Man behandelt die Spione gut in diesem Land.«

Als er fertig gegessen hatte, kam der Bauer mit dem Bürgermeister und einem bebrillten Mann zurück. Sie schickten die Frauen aus der Stube. Die jüngste sah Martin mitleidig an.

»Bürger Soldat«, begann der Maire, »wer sind Sie?«

»Ein tschechoslowakischer Soldat, der vor sechs Wochen aus England nach Frankreich gekommen ist, um gegen Hitler zu kämpfen, und dessen Vorgesetzte noch keine Zeit hatten, ihm ein Papier auszustellen.«

»Citoyen«, sagte er würdevoll, »das gibt es nicht. In dieser Zeit muß man seine Papiere in Ordnung haben, auch wenn man Soldat ist. Ein Soldat ohne Papiere ist kein Soldat, sondern ein hergelaufener Niemand. Vielleicht sind Sie so ein hergelaufener Niemand, Bürger. Oder vielleicht sogar ein deutscher Fallschirmagent. Sie sprechen fremden Akzent.«

»Natürlich, weil ich ein Tschechoslowake bin.«

»Wieso sprechen Sie dann französisch?«

»Weil ich schon früher einmal in Frankreich war.«

»Aha«, sagte der Brillenmann und schrieb etwas in ein Buch, das einer Kirchenchronik aus gallischen Zeiten ähnlich sah.

»Wieso haben Sie keine reguläre Uniform?« inquirierte der Maire weiter.

»Weil ich Fahrer auf einem Lastwagen war und der Overall bequemer ist.«

»Wo ist Ihr Wagen?«

»Die Deutschen haben ihn an der Loire vor drei Tagen in Brand geschossen.«

Die Feder in der Kirchenchronik kratzte emsig.

»Wieso sind Sie in drei Tagen von der Loire bis hierher gekommen?«

»Auf einem Fahrrad.«

»Wo ist das Fahrrad?«

Sie gingen vor die Tür und beguckten das Rad. Im Hof hatten sich indes die Dorfbewohner versammelt. »Hat er auch Kinder erwürgt?« fragte eine Frau. Martin schüttelte den Kopf. »Nein, Kinder nicht.« Sie wenigstens, schien beruhigt. Sie nahmen das Rad in die Stube.

»Woher haben Sie das Rad?« begann der Maire von neuem.

»Es lag auf der Straße.«

»Sie haben es gestohlen?«

»Nein, gefunden. Auf der Straße vor der Loire gab es hunderte herrenlose Fahrräder und Autos.« Martin fühlte gleich, daß dies für den Bürgermeister eines weitabgelegenen Dörfchens nicht die richtige Antwort war.

»Hunderte herrenlose Fahrräder und Autos?« sagten alle drei zugleich. Und der Brillenmann kritzelte in seiner Chronik.

»Bürger Soldat«, sagte der Maire streng, »halten Sie sich an die Wahrheit. Wieso haben Sie einen Infanteriehelm, wenn Sie Fahrer auf einem Lastwagen waren, und wieso haben Sie einen Overall, wenn Sie einen Infanteriehelm haben?«

Martin machte einen schwachen Versuch zu erklären, daß nur motorisierte Einheiten Motorsturmhauben hätten, Fahrer im Train eines Infanterieregimentes aber Infanteriehelme. Das war jedoch offensichtlich zu viel Feinheit für den Bürgermeister.

»Sie lügen, citoyen. Warum, frage ich Sie, soll ein Fahrer einen anderen Helm haben als ein anderer Fahrer?«

»Das frage ich mich auch.«

Die Antwort wurde als unbefriedigend in die Chronik eingetragen.

»Packen Sie Ihren Sack auf.«

Martin schnallte den Mantel vom Rad und pries Gott, daß es der übliche, normale, französische Infanteriemantel war. Der Brillenmann zählte die Knöpfe. Die Zahl stimmte, Gott sei Dank. Der Tornister war auch französisch. »Haben Sie Dynamit oder Granaten drin?«

»Nein. Zahnpaste, Seife und Handtuch.« Sie wühlten im Tornister. »Es ist eine Schande«, sagte Martin, »ich schlage mich für Ihr Land und Sie durchsuchen mich, als ob ich ein Dieb oder Mörder wäre. Es ist eine Schande.«

»Aha«, sagte der Brillenmann und schlug die Chronik wieder auf. Der Maire reckte sich zu seiner ganzen Größe auf und sagte: »Bürger Tscheko, ich, gewählter Bürgermeister dieser Gemeinde der freien Republik Frankreich, übe meine Amtspflichten aus. Ich habe meine Vorschriften von der Präfektur, über die Behandlung von Paraschutisten, Spionen und Leuten der Fünften Kolonne. Ich verteidige hier die Ehre und Freiheit der Republik.«

Mit einer letzten Hoffnung zog Martin seine englischen Papiere aus der Tasche.

»Re–gis–tra–tion–bo–o–k« buchstabierte der Brillenmann. »Wir sind einfache Bauern, wir können das nicht lesen.«

Martin wühlte in seiner Tasche nach einem weiteren Dokument. Er fand seine alten Lebensmittelkarten und wies sie vor. Die drei Untersuchungsrichter blätterten interessiert. Dieses Dokument imponierte ihnen. Die halb ausgeschnittenen Lebensmittelkarten schienen ihnen zu beweisen, daß Martin für eine Zeit zumindest in England solch merkwürdige Dinge bezogen hatte wie *Consumer's Name* (Name des Verbrauchers) oder *In Block Letters* (in Druckbuchstaben). *Spare Counterfoil* (Reserve-Abschnitt) hatte Martin offensichtlich nicht gegessen. Der Brillenmann schneuzte sich und war befriedigt. Der Maire hielt die Fleisch-Abschnitte gegen das Licht, wie man eine Banknote auf Echtheit prüft, und meinte: »Es scheint zu stimmen.« Nur der Bauer blätterte mißtrauisch im Buch. Die Fett- und Zuckerabschnitte stellten ihn zufrieden, bei *Tea* schüttelte er schon mißtrauisch den Kopf. Und *Butter* erregte endgültig seinen Verdacht. »Butter«, sagte er, »Butter, das ist doch deutsch.«

»Woher kannst du deutsch?« fragten die beiden anderen.

»Butter«, sagte er und blätterte in seinem Wandkalender zurück, »da!« »Butter oder Kanonen, Du beurre ou des canons«, stand da unter einer Karikatur, die einen Butterberg verzehrenden Göring darstellte. Trotz seiner sprachwissenschaftlichen Hinweise, daß das Wort Butter deutsch und englisch gleichgeschrieben wird, wurde Martin vom Bürgermeister im Namen der freien französischen Republik für verhaftet erklärt. Er mußte seine Sachen zusammenpacken und wurde mit dem Rad in der Scheune des Maire untergebracht. Vor das Tor, das kein Schloß hatte, wurden zwei Bauernjungen als Wache hingestellt.

In der Nacht wurde Martin durch den Streit seiner Wächter aufgeweckt. Sie unterhielten sich über einen Totschlag.

»Du darfst ihn erschlagen«, sagte der eine laut.

»... der Bürgermeister hat es ausdrücklich aus den Vorschriften über den Transport und die Eskorte verhafteter Agenten des Feindes vorgelesen«, fuhr die Stimme fort. »Im Falle eines Fluchtversuches macht die Eskorte von der Waffe Gebrauch. Das ist eindeutig und klar. Wenn er zu fliehen versucht, muß ich ihn mit meiner Wagenstange erschlagen.«

Martin versuchte nicht mehr, einzuschlafen. Ein leichter Verdacht sagte ihm, daß er mit dem Objekt der Diskussion intim befreundet war.

»Das ist nicht das Richtige«, sagte der andere. Martin war geneigt, ihm recht zu geben.

»Ich habe ein Jagdgewehr. Wenn er wegläuft, erschieße ich ihn.«

Immerhin, ein Jagdgewehr war besser als eine Eisenstange, dachte Martin, nicht ganz beruhigt.

Aber der erste protestierte. »Du darfst nicht schießen, bevor ich nicht den Befehl gebe. Ich bin der Kommandant der Eskorte. Und wenn er flieht, erschlage ich ihn mit der Eisenstange.«

Also doch Wagenstange, resignierte Martin. Aber der zweite gab nicht nach.

»Als Kommandant mußt du vorne gehen, und ich gehe hinterher. Und ich sehe zuerst, wenn er wegläuft, und ich erschieße ihn.«

Vielleicht doch Jagdgewehr; Martin sah wieder Visionen einer glücklicheren Zukunft.

Dem Ersten jedoch schien es keine Ruhe zu geben. »Der Bürgermeister ist nicht sicher, ob es ein Fallschirm-Agent ist.«

»Das werden die Behörden schon herausfinden.«

»Aber wenn du ihn erschießt und die Behörde findet, daß er ein Verbündeter war, kommst du ins Zuchthaus.«

»Ich werde ihn nicht erschießen. Du hast gesagt, du wirst ihn mit der Wagenstange erschlagen. Du kommst ins Zuchthaus.«

»Nein, du wirst ihn früher sehen und erschießen, und du wirst eingesperrt.«

»Ich schieße erst, wenn du Befehl gibst. Du bist der Kommandant und trägst die Verantwortung, und du kommst ins Zuchthaus.«

Der Erste schwieg, offensichtlich bedrückt von so viel gefahrvoller Verantwortung.

»Ich habe es«, sagte er nach langem Schweigen. »Wenn er ein Verbündeter ist, dann flieht er nicht, und wir werden beide nicht eingesperrt. Und wenn er ein Paraschutist ist und flieht, dann darf ich ihn mit der Wagenstange …«

»Nein, ich mit dem Jagdgewehr …«

Und der Streit entbrannte aufs neue. Als sie schließlich vom Streiten müde einschliefen, öffnete Martin vorsichtig das Scheunentor, warf einen Blick auf die Wagenstange und das Jagdgewehr, mit denen ihm der Garaus gemacht werden sollte, falls er floh, setzte sich aufs Rad und floh.

Nach einer halben Stunde legte er sich in einem Heuschober schlafen und brach erst wieder am frühen Morgen auf. Als er den letzten Hügel zur Hauptstraße hinunterfuhr, holte er einen gemächlich fahrenden Radler ein.

»Guten Morgen«, sagte er, »wohin so früh?«

»Ach, wir suchen einen deutschen Fallschirmagenten.«

Martin interessierte diese Duplizität der Fälle. »Wo ist er denn abgesprungen?«

»Das weiß ich nicht. Unser Maire hat ihn gestern nach langer Jagd gefangen. Aber heute nacht ist er wieder entwischt.«

»So«, sagte Martin. »Hat er etwas angestellt?«

»Oh ja, Butter hat er vergiftet und an der Loire Autos in Brand gesetzt.«

»Oh, diese Boches«, sagte Martin.

»Aber wir kriegen ihn schon«, meinte der andere. »Man kann ihn leicht erkennen.«

»Woran?«

»Er spricht französisch mit tschlowakischem Akzent.«

»Ja, freilich, so ist er leicht zu erkennen«, sagte Martin, »da kann er Euch nicht entgehen. Viel Glück. Und au revoir.«

Und er bog auf die Hauptstraße ab.

»Au revoir«, rief der Bauernjunge ihm nach, »und gib acht, wenn du jemand Verdächtigem begegnest. Er spricht tschlowakischen Akzent.«

»Ja«, rief Martin zurück, »ich werde gut achtgeben.«

Der Preis des Friedens

Auf seiner langen Flucht vor der in Frankreich eingefallenen deutschen Armee kam Martin, ein verlorener Soldat, eines Abends, weitab von den großen Straßen, die nach dem Süden führen, in ein Bauerngehöft und bat um Essen. »Wenn sie zurückkommen, können Sie mit uns zu Abend essen. Es wird nicht lange dauern.« Im Hof hinter dem Haus saß ein alter Mann auf einer Steinbank. »Setzen Sie sich«, sagte er zu Martin. Und die Frau brachte Wein und Gläser und stellte sie auf die Steinbank. Die Flasche war altmodisch, dickbauchig, und der Wein war sauer und schwer.

»Auf eine gute Ernte«, sagte der Alte.

Sie tranken und schwiegen. Der Hof war still. Einmal kamen ein paar Mägde aus dem Garten und gingen über den Kies des Hofes in die Ställe. Ein junges Mädchen in einem grauen Kopftuch drehte sich nach Martin um. »Das ist mein Enkelkind«, sagte der Alte. Und dann schwieg er wieder.

In der Küche klapperten Teller und Töpfe. Auf dem Dach gurrten Tauben. Die Sonne warf lange Schatten in den Hof. Der Kies des Hofes war sauber gerecht, im Schuppen stand eine schwarzlackierte Kalesche und die blankgeputzten Beschläge spiegelten die Strahlen der untergehenden Sonne wider.

»Ich bin nämlich schon zu alt für Arbeit auf dem Feld«, sagte der Alte, als ob er eine lange Unterhaltung beendete.

Dann kamen die Männer von der Arbeit. Die Knechte schirrten die Pferde ab und führten sie in den Stall, holten Wasser von der Pumpe, unter dem großen Kastanienbaum. Dann kam einer nach dem anderen in die Küche. Wenn sie an der Steinbank vorübergingen, grüßten alle mit einem kaum merklichen Nicken des Kopfes. Martin wußte nicht, ob es dem Alten galt oder ihm.

Als alle schon in der Küche waren, sagte der Alte: »Kommt nun, Soldat.« Sie setzten sich als letzte an den großen runden Tisch und man begann schweigend zu essen, ohne auf die Frauen zu warten. Es gab geräuchertes Fleisch und große Stücke weißes Brot, in eine mehlige Eierbrühe getaucht. Und dazu den schweren saueren Wein. Die große Schüssel stand in der Mitte, einer nach dem anderen griff zu und gab dann wortlos den großen Schöpflöffel weiter. Niemand sah auf, als Martins Nachbar ihm den Löffel reichte. Er häufte seinen Teller und gab den Löffel weiter. Die Runde war geschlossen. Sie aßen langsam und schweigend, die Bäuerin setzte neue Schüsseln auf den Tisch, geräuchertes Fleisch und große Stücke Weißbrot, in mehlige Eierbrühe getaucht. Und saueren roten Wein.

Die Frauen kamen in die Stube und setzten sich zu Tisch. Und das Mädchen im grauen Kopftuch war der erste Mensch in dieser Runde, der zu Martin hinblickte. Als alle fertig gegessen hatten, standen die Knechte und Mägde auf. Die sitzen blieben, gehörten zur Familie.

Die Männer rauchten jetzt und tranken Wein. Die Frauen trugen das Geschirr weg, und niemand sprach und niemand blickte Martin an. Nicht einmal das junge Mädchen mit dem Kopftuch.

Dann fragte der Alte: »Werdet Ihr fertig werden?« Und einer, der sein Sohn sein konnte und unter dem großen verräucherten Kruzifix an der Wand saß, sagte: »Wenn sie die Deutschen noch zwei Tage aufhalten, dann schaffen wir es.« Dann wandte er sich an Martin, und fragte unvermittelt: »Wie weit weg sind die Deutschen?«

Martin erschrak fast. Die gravitätische Ruhe des Raumes hatte ihm eine unheimliche Beklommenheit verursacht. Seine Antwort war unsicher, tastend.

»Sie sind kein Franzose?« Der Gesichtsausdruck des Sohnes blieb unverändert.

»Nein, ich bin ein Tscheche.«

»Auf welcher Seite kämpfen die Tschechen?«

Martin sah sich in der Runde um. Aber niemand schien die Frage merkwürdig zu finden. Wo lebten diese Menschen?

»Mit der französischen Armee natürlich.« Martin sagte es erstaunt und verbittert.

»Ich dachte es mir so«, sagte der Sohn im selben gleichgültigen Ton. Und wieder sah niemand auf. Als sei es belanglos, auf welcher Seite der Soldat kämpfte, der an ihrem Tisch saß und mit ihnen gegessen hatte.

Dann standen sie vom Tisch auf und gingen wieder an ihre Arbeit. Der Alte sagte: »Sie können hier schlafen, wenn Sie wollen.«

Da hörten sie das Geräusch von herannahenden Flugzeugen. Die Leute liefen aus den Ställen und Scheuern auf den Hof. »Das sind Deutsche«, riefen sie. »Geht ins Haus«, sagte Martin zu den Frauen, »legt euch unter den Tisch.«

»Nein, geht an euere Arbeit«, sagte der Sohn. »Ein Bauernhof ist kein militärisches Objekt. Sie werden uns nichts anhaben ...« sein Blick fiel auf Martin, »... wenn sie keinen Soldaten hier sehen.«

Martin griff nach seinem Tornister und wandte sich zum Gehen. »Danke schön fürs Abendbrot«, sagte er. »Gott segne Sie«, antwortete der Alte.

Die Männer blickten in die Richtung, aus der die Flugzeuge zu hören waren. Niemand sah sich um, als Martin zum Tor schritt. Es war, als ob er überhaupt nie dagewesen wäre.

Als er fast schon beim Tor war, hörte er hinter seinem Rücken eine Stimme: »Könnten wir ihn nicht in der Küche verstecken? Vielleicht ist er müde.« Martin ging ohne sich umzudrehen aus dem Tor.

Eine feste, aber warme Hand nahm ihn beim Arm. »Schnell in die Küche, damit die Deutschen Sie nicht sehen.« – »Nein«, sagte Martin. Aber das Mädchen im grauen Kopftuch schob ihn in die Küche. Ihre Augen waren dunkel und ihr Mund lachte.

Die Bomber brausten über das Gehöft. Die Leute auf dem Hof sahen ihnen nach. Die Männer rührten sich nicht. Die Frauen rückten unmerklich zusammen.

Da fiel die erste Bombe. Ein leises, hohes, dünnes Surren, immer lauter und immer näher und näher. Ein dumpfer Einschlag, die Erde dröhnte, das Haus zitterte, die Frauen schrien auf. Die Männer riefen: »Ins Haus, ins Haus« und die Knechte liefen in die Ställe, in denen die Tiere brüllten und an den Ketten zerrten.

Die zweite Bombe fiel noch näher. »Sie bombardieren die Mühle«, schrien die Frauen, »ja, die Mühle. Wegen der Flüchtlinge.«

»Die verfluchten Flüchtlinge!«

Eine dritte Bombe.

»Man hätte die Flüchtlinge nicht hereinlassen sollen. Jetzt trifft es uns.«

Wieder brausten die Bomber über den Hof. Die Frauen lagen unter dem großen Tisch in der Küche. Der Alte preßte sich unter dem Fenster gegen die Wand. »Legen Sie sich doch bitte hin«, sagte das Mädchen. »Auch wenn Sie ein Soldat sind.«

Wieder eine Bombe. Die Hausbalken zitterten der Erschütterung des Bodens nach. Martin sah sich in der Stube um. »Großmutter«, sagte er zu einer Gestalt, die neben dem Ofen auf dem Boden lag, »Großmutter, legen Sie sich unter den Tisch.«

»Nein. Ich bin alt. Aber Sie …«

»Bitte«, sagte das Mädchen zu Martin. Sie weinte.

Martin stellte Stühle über Großmutter.

»Er ist so hartnäckig«, weinte das Mädchen.

Martin legte sich neben sie unter den Tisch. Aber dann stand er schnell wieder auf. Er schämte sich, als Soldat neben den Frauen zu liegen. Und plötzlich verstand das auch das Mädchen im grauen Kopftuch. Sie lachte ihm zu. »Vous êtes courageux, Ihr seid mutig.«

Noch zweimal fielen Bomben. »Mein Gott«, sagte Großmutter. »Mein Gott.«

Die Mühle lag nicht weit hinter den Ställen. Und zwischen den Bäumen neben der Mühle lagerten die Flüchtlinge. Am Rande des Feldes standen zwei verlassene Militärwagen. Flüchtlinge hatten ihr Lager in ihnen aufgeschlagen. Etwa hundert Meter weiter waren ein paar Krater im Felde. Die frischaufgeworfene Erde sah wie offene, blutende Eingeweide aus.

Die Flüchtlinge waren aufgeregt. Kinder weinten. Aber niemand war verletzt worden: Ein paar Familien packten hastig ihre Habseligkeiten, spannten die Pferde ein und brachen auf.

»Das ist sinnlos«, sagte man ihnen. Sie wiesen auf die Militärwagen. Ein Haufen Flüchtlinge hatte sich vor den Wagen angesammelt. »Ihr müßt wegziehen«, sagten sie.

Die Insassen protestierten. »Wir haben keine Pferde. Die Wagen sind hier von Soldaten zurückgelassen worden. Sie stehen unter den Bäumen und man kann sie von oben nicht sehen. Sie sind unsere einzige Unterkunft.«

»Fort, zieht fort«, riefen die anderen Flüchtlinge. Eine große, abgehärmte Frau, mit einem Säugling auf dem Arm und zwei Kindern, die sich an ihren Rock klammerten, rief: »Holt den Patron. Er soll sie davonjagen. Sie bringen unsere Kinder in Gefahr.«

»Wir haben auch Kinder«, sagten die in den Wagen. »Wir haben unser Heim verloren. Das ist unsere einzige Unterkunft.«

»Ich habe drei Kinder und keine Unterkunft«, schrie die Frau. »Holt den Patron.«

Aus der Ferne hörte man wieder Motorengeräusch. Die Flüchtlinge gerieten in Panik. Die Frauen schrien, rissen die Kinder zur Erde und warfen sich über sie. Ein paar Männer rissen die Plane von den Militärwagen. »Heraus mit euch!«

Dann fielen sie über die beiden Wagen her, stießen die Insassen hinaus, warfen den Inhalt aufs Feld, stürzten die Wagen um und warfen Erde und Heu darüber.

Das Motorengeräusch verstummte wieder irgendwo in der Ferne. »Keine Gefahr mehr!« Alle standen wieder auf. Die Flüchtlinge aus den beiden Militärwagen klaubten ihre Habseligkeiten zusammen. Ein Koffer war auseinandergeplatzt, der armselige Inhalt lag über das Feld verstreut. Eine Frau stopfte weinend die Sachen in den Koffer zurück. »Das war unsere einzige Unterkunft«, wiederholte sie immer wieder. »Und wir haben auch Kinder.«

Der Hof lag still und ruhig da, als ob nichts vorgefallen wäre. Martin ging in die Küche. »Sie ist im Kuhstall«, sagte die Großmutter.

Sie lachte ihm zu, als er in das Halbdunkel des Stalles trat. Ihr Kopftuch war in den Nacken zurückgerutscht, das Haar war voll und hellbraun. »Können Sie melken?« fragte sie.

»Nein.«

»Sie sind ein Städter. Wie schade. Ich dachte, Sie wollten mir helfen.«

»Ich will. Aber wie?«

Sie leerte den halbvollen Eimer in einen Bottich und begann, die nächste Kuh zu melken. Wenn sie auf dem Schemel saß, konnte Martin die knabenhaften Formen ihrer Schenkel sehen.

»Wenn Sie hierbleiben würden, könnte ich Ihnen zeigen, wie man melkt.« Sie wurde rot, als sie das sagte. Martin wußte nicht, was er antworten sollte.

»Das ist natürlich keine Arbeit für Männer«, fuhr sie fort. »Aber wenn Sie wirklich hierbleiben, gäbe es auch richtige Arbeit für Sie. Wir können jetzt Hilfe gut gebrauchen.«

»Ich bin ein Städter«, sagte Martin.

»Aber Sie sind jung.« Sie lachte und wandte ihren Kopf von Martin weg auf ihre Arbeit. Sie war wieder errötet.

Martin sah ihr zu, bis sie mit der letzten Kuh fertig war. Ihre Bewegungen waren sicher und flink. Sie war schlank, fast zierlich. Sie merkte, daß Martin sie abschätzte, und kehrte ihm den Rücken zu.

»Wie alt sind Sie?« Martin war überrascht, wie zärtlich seine Stimme klang.

»Achtzehn Jahre. Und Sie?«

»Siebenundzwanzig.«

»Das ist kein großer Unterschied. Onkel Jacques ist fünfzehn Jahre älter als Tante Eugenie.«

Martin dachte daran, wie sie aussehen würde, wenn sie sein Alter erreicht hätte. Er half ihr den Milchbottich über den Hof tragen.

Vor der Küche standen schon die Flüchtlinge mit ihren Gefäßen. Die Großmutter teilte aus und die Bäuerin nahm das Geld in Empfang. Eine junge Frau in einer engen Bluse und langen Hosen protestierte. »Ich will ein volles Maß. Ich muß auch den vollen Preis zahlen.« Die Großmutter goß die Milch zurück und sagte: »Wenn es Ihnen nicht recht ist, können Sie anderswohin gehen.« Und die Bäuerin gab ihr das Geld zurück. »Warum sind Sie nicht in Paris geblieben, wenn die Molkereien besser liefern als wir?« Das war zuviel für die Flüchtlinge. Sie drängten sich um den Milchbottich, schrien und protestierten. »Wartet nur, wenn die Deutschen über euch herfallen. Da werdet ihr anders reden.«

»Pah«, sagte die Großmutter, »ich habe keine Angst vor den Deutschen. Wir sind Bauern. Uns braucht jeder.« Aber dann füllte sie die Kanne der jungen Pariserin doch voll an, und die Flüchtlinge wurden wieder ruhig.

Als letzte kam die abgehärmte Frau mit dem Säugling und den zwei Kindern. »Kann ich auch etwas Butter haben?« Die Bäuerin nickte und nannte den Preis. »Mein Gott«, sagte die Frau, »das ist doppelt soviel als ich noch in der Vorwoche zuhause zahlte.«

»Dann hätten Sie eben zuhause bleiben sollen.« Die Bäuerin trug mit ihrer Tochter den halbvollen Bottich in die Milchkammer. Die Großmutter sagte: »Morgen wird es in der Stadt auch nichts mehr zu kaufen geben, wenn man nur den alten Preis zahlen will.« Und dann ging sie in die Küche.

»Wenn unsere Regierung nur schon endlich beigeben wollte, damit wir wieder nachhause können«, sagte die Frau mit den Kindern.

»Wie kann sie beigeben, wenn die Deutschen so viel von Frankreich verlangen?« antwortete Martin.

»Die Deutschen sind Sieger und da bleibt nichts übrig, als ihnen alles zu geben, damit endlich Schluß ist und wieder Frieden.«

»Was für ein Frieden wird das sein?«

Die Frau sah Martin ins Gesicht, dann auf seine Hände und sagte: »Sie sind kein Arbeiter. Nein. Ich dachte es mir. Weil Sie so reden. Wir Arbeiter müssen nämlich immer bezahlen. Gleichgültig, wer siegt. Sie haben ja selbst gesehen, wie der Bauer hier an der Milch verdient.«

»Aber Sie haben ja vorhin selbst den Bauern rufen wollen, um die Flüchtlinge zu verjagen, die in den Militärwagen wohnten.«

»Monsieur, ich habe drei Kinder und bin allein. Mein Mann ist an der Front und ich weiß nicht einmal, ob er noch lebt. Und wenn ich meine Kinder erhalten soll, muß ich mich verdammt herumschlagen, um sie zu kleiden, zu ernähren. Und jetzt soll ich noch für ihr Leben zittern? Ich habe schon so Sorgen genug. Ich kann mir nicht leisten, so weitherzig zu sein wie Sie. Sie sind allein und haben keine Verantwortung. Aber ich ...« Sie setzte den Säugling auf ihrem Arm zurecht, rief den Kindern zu, ihr zu folgen, und ging.

»Gute Nacht«, sagte Martin. Sie antwortete nicht.

Der lange warme Sommerabend ging zuende. Die Arbeit war getan, der Hof war still. Die Männer standen vor der Küchentür und rauchten. Martin saß auf der Steinbank und das Mädchen stand neben ihm. »Hier merkt man nicht, daß es Krieg gibt«, sagte er.

»Bei uns ist es immer friedlich. Und am friedlichsten ist der Abend. Wenn die Tiere schon schlafen, das Tor geschlossen ist und wir hier allein sind. Dann fühle ich mich gut und geborgen. Die Arbeit ist vollbracht, es ist nichts mehr zu tun. Ich kann hier auf der Steinbank sitzen und zufrieden sein.«

»Darum beneide ich Sie«, sagte Martin.

»Worum?«

»Daß Sie abends auf der Steinbank sitzen können, Ihre Arbeit ist vollbracht und Sie sind zufrieden.«

»Warum können Sie das nicht auch?«

»Ich weiß nicht warum. Aber ich habe keine Steinbank, meine Arbeit ist nie vollbracht und ich bin nie zufrieden.«

»Das kommt vom Leben in der Stadt. Wenn Sie hier bleiben, könnten Sie jeden Abend auf dieser Bank sitzen.«

»Wollen Sie, daß ich hierbleibe?« Er sah sie an. Die Dämmerung legte weiche Schatten um ihre Konturen. Sie hatte ihr Kopftuch abgelegt und die Schürze abgenommen. Das lose Gewand bauschte sich über der Brust. Sie sagte einfach und ohne zu zögern: »Ja.« Martin griff nach ihrer Hand. Aber sie erwiderte den Druck nicht und ging in die Küche.

Martin stand auf und trat zu den Männern. »Sie glauben also, daß wir noch zwei Tage Zeit haben?« fragte der Bauer. »Wollen Sie nicht hierbleiben und uns helfen? Dann könnten wir es gerade noch schaffen.«

»Und wenn mich die Deutschen hier erwischen?«

»Wir werden Ihnen Zivilkleider geben und sagen, daß Sie zu uns gehören. Uns Bauern geschieht nichts. Die Deutschen waren schon einmal hier, vor siebzig Jahren. Mein Großvater erzählte immer: Sie haben die Pferde gestohlen und alle Hühner geschlachtet. Aber fürs Getreide haben sie bezahlt und die Frauen haben sie in Ruhe gelassen.«

»Das war vor siebzig Jahren.«

»Das ändert sich nicht. Die Bauern braucht man immer wieder. Sie würden es gut bei uns haben, wenn Sie bleiben.«

»Ich bin ein Städter und kein Arbeiter.«

»Sie werden die Arbeit schon lernen, wenn Sie wirklich wollen. Und wir werden Sie wie unseren Sohn halten ... Ich habe keinen Sohn.«

Sie schwiegen. Es wurde dunkel. Einer nach dem anderen sagte »Gute Nacht« und ging ins Haus. »Sie können in der

Häckselkammer schlafen.« Der Bauer führte ihn über den Hof, in die Kammer neben dem Stall. Martin stieß im Dunkeln gegen einen weiten, leeren Korb. »Da hat schon wieder jemand vergessen, das Futter für morgen früh vorzubereiten. Sehen Sie, ich brauche halt noch jemanden zur Aufsicht. Nun, überlegen Sie sich das über Nacht. Schlafen Sie gut.«

Martin breitete seine Zeltbahn aus und ging dann zum Brunnen, um sich zu waschen. In der Tür stieß er gegen das Mädchen. »Ich muß noch das Futter für morgen früh holen. Vater besteht immer drauf, daß es abends vorbereitet wird.« Sie sprach schnell und erregt. Martin spürte einen Stich in der Brust. Er ging schnell zum Brunnen. Ich werde mich so langsam waschen, daß sie schon wieder im Hause ist, wenn ich zurückkomme, sagte er sich und wusch sich so schnell, daß er schon lange in der Kammer war, als sie mit dem leeren Korb wieder zurückkam.

»Gute Nacht«, sagte sie und wandte sich zum Gehen. Martin zögerte. Wenn sie noch einen Augenblick blieb ... »Wie heißen Sie?« fragte er. »Micheline.«

»Micheline«, sagte Martin und trat näher. Sie stand gegen die Wand gelehnt, ihre Brust zitterte. »Micheline«, sagte Martin und nahm ihr Gesicht zwischen seine Hände.

»Und wie heißt du?«

»Martin.«

»Ich muß jetzt ins Haus. Mutter weiß, daß ich draußen bin.«

»Kommst du wieder, wenn sie schläft, Micheline?«

Sie lief über den Hof. Martin stand vor der Kammer und blickte ihr nach.

Wollte er, daß sie wiederkam?

Wollte er abends auf der Steinbank sitzen und zufrieden sein, daß Haus und Hof bestellt ist? Und war er bereit, den Preis zu bezahlen, den dieser Frieden kostete? Den ganzen, vollen und schweren Preis?

Er lag lange unruhig auf seiner Zeltbahn.

»Ich muß gleich wieder zurück«, sagte sie beim Eintreten. Sie stand neben der Kammertür. Wieder zögerte Martin. »Sie können leicht großherzig sein«, hatte die Frau mit dem Säugling gesagt, »Sie tragen keine Verantwortung.«

»Micheline«, sagte er, um Zeit zu gewinnen, und richtete sich auf.

Das Schweigen war unerträglich. Er stand auf und umarmte sie. Er fühlte durch das leichte Kleid den bloßen, sehnigen Körper, die leichten, bebenden Wellen ihrer Erregung.

»Nein«, sagte sie, als er ihr auf der Zeltbahn das Kleid abstreifen wollte, »nicht vor der Hochzeit, Martin.« Und sie zog ihn fest an sich.

Nachher fragte sie: »Bist du jetzt glücklich, Martin?«

»Ich weiß nicht. Und du?«

»Warum sagst du nicht: Und du, Micheline?«

»Und du, Micheline?«

»Ja. Ich bin sehr glücklich.« Sie griff nach seiner Hand. »Willst du mich noch? … Warum schweigst du, Martin?«

»Ich denke nach.«

»Über mich? … Ist es etwas Schönes, Martin?«

»Ja. Aber es ist auch traurig.«

Sie zog ihre Hand weg. Nach einer langen Pause stand sie auf und sagte: »Du mußt nicht glauben, daß du mich deswegen heiraten mußt. Du kannst morgen früh weggehen, wenn du willst.« Sie war tapfer. Aber ihre Stimme verriet sie.

Er zog sie zu sich nieder. Er legte wieder seinen Arm um ihre Schultern.

»Woran denkst du, Martin?«

»Daß ich aus der Stadt komme und nicht hierher passe.«

»Weil dir die Mädchen in der Stadt besser gefallen? Warte nur bis Sonntag, da wirst du sehen, wie schön ich angezogen bin. Wir sind die reichsten Bauern hier. Und ich erbe den Hof.«

»Ich weiß. Den Hof und alles was dazu gehört.«

»Die Pferde und Kühe und Felder …«

»Und das alte Kruzifix an der Wand und den runden Tisch, an dem ihr schweigend esst …«

»… und die Mühle, die Kalesche und die Maschinen …«

»… und Großmutter, die die Milch so genau austeilt, und Mutter, die das Geld abrechnet, und Vater, dem gleichgültig ist, auf welcher Seite sein Gast kämpft …«

»… und den Obstgarten, die Scheunen und viele Truhen voll Wäsche und Hausrat …«

»Und viele volle Truhen … Du bist zu reich für mich, Micheline.«

»Bist du nicht gerne reich?«

»Oh ja. Aber …«

»Aber?«

»Laß mich bis morgen früh überlegen, Micheline.«

Aber als sie wegging, war nichts mehr zu überlegen. Die Kammer roch nach geschnittenem Stroh und Heu. Und Micheline hatte nach Sonne, Luft und frischer Kernseife gerochen. Vielleicht auch nach Erde. Und nach Frieden.

Aber Martin kam aus der Stadt, aus einer fiebrigen, heißen und lärmenden Stadt in einem fremden Land. Er war ein Fremder auf der Erde dieses Hofes. Der große Krieg hatte erst begonnen und es gab für ihn noch keinen Frieden. Noch lange, sehr lange nicht.

Nächtliche Stadt auf dem Rückzug

Spät abends hielt der Zug wieder. Im Dunkel des
Waggons rieten Stimmen, welche Stadt es sei. Wieder
rief jemand auf dem Bahnsteig die Nummern von Divisionen
aus, die hier ihren Sammelplatz hatten. Ein paar Soldaten stiegen aus und kamen nach einem Augenblick wieder zurück, weil
die ausgerufenen Divisionsnummern nicht stimmten. Andere
stiegen aus und kamen zurück, weil sie keine Auskunft bekommen konnten. Neue Soldaten kamen und wollten in den dicht-
gedrängten Waggon einsteigen. »Wohin fährt dieser Zug?« –
»Wir wissen nicht«, antwortete man ihnen aus dem Waggon.
»Wie heißt die Stadt hier?« – »Weiß' der Teufel, wie die Stadt
heißt. Es ist ein Loch wie jedes andere.« Jemand im Waggon
sagte: »Kommt, wir sind lange genug gefahren. Vielleicht gibt es
hier etwas zu essen.« Ein paar stiegen aus und Martin mit ihnen.

Auf dem Bahnsteig drängten sich tausende Soldaten. Ein
Offizier rief im eintönigen Singsang die Nummern von Regi-
mentern aus und die Namen von Orten, in denen sie sich sammelten. Die Soldaten hörten zu und gingen wieder weiter, weil
ihre Regimentsnummer nicht genannt wurde. An einer Tür
hing ein Pappschild mit der Aufschrift: »Auskunft für ver-
sprengte Soldaten.« Jemand hatte mit Kreide ein Wort dazu
geschrieben, so daß es jetzt hieß: »Keine Auskunft für ver-
sprengte Soldaten.« In der Stube schliefen Soldaten, dichtgedrängt auf dem Fußboden. Ein Zugführer saß an einem Tisch
und schrieb bei Kerzenlicht in ein Heft die Namen von allen
Soldaten, die dachten, es hätte einen Sinn, sich hier zu melden.
Wenn ein Heft vollgeschrieben war, legte er es auf einen Stapel
und begann ein neues. In regelmäßigen Abständen sagte er zu
den Auskunft suchenden Soldaten, ohne von seinem Heft auf-
zusehen, in müdem und mechanischem Ton: »Das weiß ich

leider nicht.« Manchmal sagte er es auch, wenn er gar nicht gefragt wurde. Und dann sah er sich bestürzt um, als ob er etwas Ungebührliches getan hätte. Als Martin ihn nach dem Sammelplatz der tschechoslowakischen Division fragte, sah der Zugführer auf. Sein Gesicht war voll blauer Schatten, von langen Stunden fehlenden Schlafes, sein Haar war grau an den Schläfen, und in den müden Augen war ein Funken Wärme. Aus einem früheren Leben vielleicht. Und dann sagte er, mit einer Anstrengung, in der alle Solidarität der Männer im Waffenrock lag: »Das weiß ich leider nicht, Kamerad.« Und schrieb in seinem Heft, müde und verloren.

Vor dem Bahnhof schliefen Soldaten auf der Erde, gegen die Mauer gelehnt und auf einem Zaun, den sie umgerissen hatten und als Unterlage benutzten. Aus der Stadt kamen Gruppen von Soldaten und fragten die aus dem Bahnhof Strömenden nach Zügen in alle Richtungen. Und die Soldaten aus allen Richtungen, die mit dem letzten Zug angekommen waren, fragten die aus der Stadt Kommenden, wo es Unterkunft oder Verpflegung gab. Und weder die einen noch die anderen wußten eine Antwort.

Auf dem Weg in die Stadt wurde Martin immer wieder nach Unterkunft und Verpflegung gefragt. Obwohl er jedesmal antwortete, er wisse nichts, gingen manche Frager mit ihm mit, als ob es gemeinsam leichter wäre, etwas zu finden. Wenn andere Soldaten dann Martins Gruppe sahen, dachten die, die wüßten wohl mehr, und schlossen sich ihr an – ein großer Haufen hungriger, müder Menschen. Man ging durch irgendein paar Straßen, blieb irgendwo stehen und fragte irgend jemanden. Und plötzlich wußten alle, daß auch dieser Haufen nicht mehr wußte als jeder andere. Man ging auseinander, in alle Richtungen. Und an der nächsten Straßenecke schloß man sich einer anderen Gruppe an, vielleicht wußte die mehr oder hatte sie mehr Glück. Irgend jemand übernahm die Führung, vielleicht weil sein Schritt fester und sicherer war, oder weil er noch nicht so lange gesucht hatte wie die anderen. Man ging entschlossen eine Straße entlang, bog um eine Ecke in eine andere Straße, und wieder um eine Ecke, und der Schritt wurde weniger sicher und weniger fest. Vor irgendeinem großen Gebäude blieb man stehen, eine Taschenlampe tastete die Hausfront ab, und jemand las laut vor: »Städtische Sparkasse«, oder »Bischöfliches Seminar«, oder »Südfranzösische Weinbau-Gesellschaft«. Die Gruppe zerstreute sich, ohne Worte und ohne Fluchen. Und an der nächsten Straßenecke begann man von neuem zu suchen.

Manche gingen zum Bahnhof zurück, andere klopften an verschlossene Haustüren. Einer stieg über eine Mauer in einen Hof und versprach, das Tor von innen zu öffnen – kam aber über die Mauer wieder zurück; das Haus und die Hofgebäude seien voll schlafender Soldaten und ziviler Flüchtlinge. Man ging weiter und klopfte an andere Türen, die sich auch nicht öffneten.

Martin war müde und setzte sich auf eine Türschwelle. Ein dünner Mond war inzwischen aufgegangen, und die wandernden Soldaten warfen lange Schatten mit verwischten Konturen. Wenn Martin die Augen schloß, hörte er noch immer die schlurfenden Schritte. Und wenn in ihren müden Takt zögernde Unordnung kam, wußte er, daß sie anderen müden, zögernden Beinen begegnet waren. Und dann hörte er auch die monotone Antwort: »Das weiß ich leider nicht.«

Ein Wind trieb Wolkenfetzen über den kleinen Mond. Die wandernden Soldaten mit ihren unsicheren Schatten sahen in seinem zerstreuten Licht wie groteske Phantasiegestalten in einer Kellerlandschaft aus. Fast schien es Martin, er könne den abgestandenen, modrigen Geruch und die faulende Nässe unterirdischer Kasematten spüren, in deren ausweglosen Irrgängen Gefangene ihre lebenslange Haft abgeisterten.

Martin stand auf und wanderte weiter. Vor einem niedrigen Gebäude, das wie ein Lagerhaus aussah und den Geruch von Spirituosen ausströmte, stand ein Soldat Wache. Nein, sagte er, hier gäbe es kein Essen, kein Quartier und auch keine

Auskunft. In einem Ton, als hätte er es schon tausendmal gesagt. Ein Offizier kam aus dem niedrigen Torbogen und Martin fragte nochmals. »Sie suchen Ihre Division?« Die Stimme des Offiziers klang vertraut, doch traurig: »Ich suche mein Vaterland.«

Martin schwieg verständnislos. »Ich dachte, Sie würden das verstehen«, fuhr der Offizier fort, »weil Sie auch Ihre Heimat verloren haben. Aber vielleicht haben Sie noch keine Zeit gefunden, darüber nachzudenken. Und ich habe zu viel Zeit gehabt. Kommen Sie mit mir, ich werde Ihnen etwas zeigen.«

Beim Licht einer Taschenlampe gingen sie durch einen langen Korridor, stiegen einen weiten Treppenflur hinunter und kamen in ein weites Gewölbe, in dem der Geruch von Wein oder Spirituosen ganz intensiv war. Der Offizier drehte das Licht an, kleine, kümmerliche Glühbirnen, deren Schein kaum bis zum Fußboden reichte. Das Gewölbe war lang gestreckt, im Vordergrund standen Wandgestelle mit ein paar Flaschen: Leere, verstaubte Demijons und kleine Fässer lagen in einer Ecke. Aber der größte Teil des Gewölbes war vollgefüllt mit einer merkwürdigen Fülle von Kisten in allen Größen und Formen. Lange, dünne Kisten, aus denen Stroh ragte, als ob Fensterglas in ihnen verpackt wäre, standen aufrecht, gegen andere Kisten verspreizt, so daß sie nicht umstürzen konnten. Manche Kisten hatten groteske Formen, wie Pyramiden oder Särge, manche mit einem Hocker oder einem Auswuchs an irgendeiner Stelle. Dazwischen standen unförmige, in Zelttuch eingehüllte Formen. Manche sahen wie riesige, ungeschlachte Vögel aus der Menagerie einer geisteskranken Phantasie aus. Im Halbdunkel des langen Gewölbes kreuzten sich die Schatten mit den ungefügen Formen, Kisten und Ballen, und Martin, hungrig, müde, übernächtig, sagte vor sich hin: »Das alles ist unmöglich. Ich träume.« Aber da hörte er wieder die Stimme des Offiziers, und sie war auch wieder so vertraut wie vorher. Wo hatte er diese Stimme nur gehört, diesen vertrauten Klang, wie aus einem anderen Leben, diese unfaßbare, unverständliche Traurigkeit?

»Hier sehen Sie Frankreich«, sagte die Stimme, »das heißt, sie könnten es sehen, wenn diese Gemälde und Statuen nicht verpackt wären. Wir haben sie aus Paris hierher geholt, um sie vor dem Krieg zu retten. Für nachher, wenn der Krieg zuende ist. Das hier ist das Frankreich, das jetzt auf den Straßen stirbt. Ist das nicht merkwürdig? Gestern war all dieser Reichtum hier noch Leben. Und heute ist es schon das Frankreich von gestern. Hier ist aller Geist, der unser Leben ausmachte. Zum Beispiel dort, in dieser Kiste, sind die zehn besten Gemälde unserer Impressionisten. Das sind fünfundzwanzig Quadratmeter bemalter Leinwand. Und auf diesen fünfundzwanzig Quadratmetern Leinwand ist so viel Intensität, Licht, Farbe und Leben unseres Volkes, daß kein Sinn mehr übrig blieb für Soldatenspielerei. Man kann nicht beides haben, Cézanne oder Degas und eine Blitzkrieg-Armee.

Wir hatten einmal einen Schriftsteller, der nur schreiben konnte, wenn er in einem schalldichten Zimmer saß, in dem kein Laut zu ihm dringen konnte. Ein Zimmer in seinem Haus war zu diesem Zweck schalldicht ausgepolstert, und dort, fernab von der Außenwelt, schrieb er Romane, in denen noch das leiseste Echo jeder Regung unseres Lebens widerhallte. So fein war die Sensitivität seines Geistes, daß er, wie ein Seismograph, in der tiefsten Abgeschlossenheit noch jede Erschütterung verzeichnete, die sich fernab zutrug. Wenn er in seinem abgeschlossenen Zimmer schrieb, schlug der Puls Frankreich in seiner Feder. Solche Menschen zeugen keine Krieger …

In dieser kleinen Kiste sind Leinwandstücke eines Malers, der am Sonnen-Wahnsinn unterging. Er verbrannte in seinem Begehren, Licht, die Sonne auf seine Leinwand zu bannen. Wenn er heute noch lebte, würde er nicht wieder untergehen müssen, weil es an Licht und Sonne mangelt …?

In diesem Ballen, unter dem unförmigen Höcker, ist eine Statue unseres größten Bildhauers. Eigentlich sind es nur zwei Beine. Aber die Statue heißt, ›Der Mann, der schreitet‹. Das waren einmal wir Menschen. Als wir noch wußten, wohin die

Welt führt. Diese Beine sind nur Weg und Ziel. Kein Kopf ist da und kein Leib. Aber jeder Muskel dieser Beine weiß das Ziel. Schwer drängen die Beine herab zur Erde, und doch schreiten sie stetig aus, vorwärts. Und selbst wenn ihr Ziel im Nichts läge, wäre ihr Schreiten doch noch beglückendes, sinnvolles Leben. Heute wandern Millionen auf den Straßen Frankreichs, aber weiß jemand, wohin er schreitet? Weiß jemand, ob sein Schreiten Sinn hat?«

»Ich träume, ganz sicher, ich träume«, sagte Martin nochmals zu sich. Und dann gingen sie die breite Treppenflur wieder hinauf, durch den Korridor, in die Stube des Offiziers. Er drehte das Licht an und reichte Martin eine Tasse Kaffee. »Das ist alles, was ich Ihnen anbieten kann.« Aber Martin griff nicht nach dem Kaffee, er starrte ins Gesicht des Offiziers, das er nun zum erstenmal im vollen Licht sah. Und jetzt wußte er auch, wo er diese Stimme schon einmal gehört hatte. Schwere Nachtschatten lagen auf dem Gesicht, das Haar an den Schläfen war grau. Es war das Gesicht des Zugführers, der in der Stube auf dem Bahnhof im Kerzenlicht Meldungen schrieb. »Es war ein Traum«, sagte Martin, als er wieder auf der Straße war.

In einer Straße kam Martin an einem erleuchteten Fenster vorüber, dessen Vorhänge nicht ganz zugezogen waren. Durch den kleinen Schlitz sah er im Vorbeigehen eine Frau am Tisch sitzen und ein Kind, in eine Schublade auf dem Fußboden gebettet, schlafen. Als er schon am Ende der Straße war, kehrte Martin wieder um. Das kleine, trübe Licht der Petroleumlampe hinter dem Vorhang zog ihn zurück. Er stand vor dem Fenster und starrte in die Stube. Die Frau besserte Wäschestücke aus, ein Mann lag neben der Kommode, mit einem Mantel zugedeckt, der Docht der Lampe war heruntergeschraubt, trauliche Schatten lagen über der Stube und dem schlafenden Kind. »Flüchtlinge«, dachte Martin und blieb stehen. Von Zeit zu Zeit hielt die Frau ein Wäschestück gegen das Licht und prüfte es, legte es sorgfältig zusammen und strich die Falten glatt. Einmal stand sie auf, zog die Decke des Kindes in der Schublade zurecht, hüllte den schlafenden Mann fester in den Mantel und setzte sich wieder an die Arbeit. Und Martin starrte noch immer auf das kleine, trübe Licht, auf die langsamen, bedächtigen Handbewegungen der nähenden Frau, und in einem Winkel seines Herzens weinte ein kleines Kind nach seiner Mutter, bettelte ein Obdachloser um einen Platz in einer warmen Stube und begehrte ein einsamer Mann nach der Nähe einer Frau. Ihn fröstelte plötzlich.

Andere Soldaten kamen vorüber und fragten, was los sei. Sie sahen durch den Schlitz in die Stube, auf die nähende Frau, den schlafenden Mann und das Kind in der Schublade und sagten: »Das sind auch Flüchtlinge« und blieben vor dem Fenster stehen, drängelten ein wenig, um besser sehen zu können, und starrten weiter in die Stube, als ob ein großes Licht von der kleinen Lampe ausginge, und eine große Wärme von der nähenden Frau. Wie sie so eine Weile vor dem Fenster drängelten und ihre schweren Schuhe auf dem Pflaster klirrten, horchte die Frau auf, drehte die Lampe für einen Augenblick hoch, verlöschte sie dann ganz und öffnete das Fenster. »Was ist los?« fragte sie. »Nichts.« Die Soldaten antworteten verlegen. »Ihr sucht wohl Obdach? Wir sind hier bei Fremden, auch nur Flüchtlinge; aber für einen ist noch Platz, hier auf dem Fußboden.« – »Danke schön«, sagten die Soldaten, »wir werden schon etwas finden. Gute Nacht.«

»Gute Nacht«, sagte die Frau. »Aber wenn ihr nichts findet, ist hier noch immer Platz für einen. Kommt nur ruhig wieder zurück.« Sie schloß das Fenster, und die Soldaten gingen weiter.

»Hast du ihr Gesicht gesehen?« fragte Martin den Mann, der neben ihm ging. »Was soll ich an dem Gesicht gesehen haben? Müde sah sie aus, wer weiß, wie lange sie schon auf der Flucht ist. Und gehört auch nicht mehr zu den Jüngsten. Hast du denn nicht die grauen Haare gesehen?«

»Sie sah aus, wie der Zugführer auf dem Bahnhof in der Auskunftsstube«, sagte Martin. »Du bist verrückt«, meinten die Soldaten. »Und der Offizier, der die Kunstschätze bewacht, hatte das gleiche Gesicht.« – »Du bist verrückt.«

Es begann zu regnen. Einer nach dem anderen fiel ab und drückte sich in eine Toreinfahrt, einen trockenen Winkel. Aber fast in allen Ecken und Winkeln lagen oder standen schon ein paar Menschen und die anderen eilten weiter, von Straße zu Straße. Martin kam auf einen kleinen Platz, auf dem ein lang-gestrecktes Gebäude stand, mit Nischen entlang der Vorder-front, in denen sich schon Soldaten drängten. Er lief die Haus-front entlang und als er zu einer Nische kam, in der nur eine Gestalt stand, sprang er hinein und versuchte, die Gestalt leicht zur Seite zu drängen, um auch noch Platz zu finden. Aber die Gestalt rührte sich nicht. Sie war aus Stein, ein Heiliger oder ein Krieger, es war in der Dunkelheit nicht zu erkennen.

Martin lief weiter und fand eine Hauseinfahrt, die weit offen stand. Er stieg über Schläfer, die die Einfahrt füllten, stieß gegen Menschen, die auf den Treppen schliefen, tappte in der Dunkelheit in eine Dachkammer, in der es nach Tauben roch, dachte »Endlich« und wollte sich ausstrecken. Aber da flammte ein Streichholz auf. Jemand sagte: »Wir sind schon zu viel hier«, und Martin konnte, bevor das Streichholz verlosch, noch den langen Bodenraum sehen, in dem, dichtgedrängt, Soldaten und Zivilisten auf dem Boden lagen.

Er stieg die Treppe hinunter, stieß an Menschen, trat auf Beine, stolperte über Körper, ging einen Korridor entlang und durch eine Stube, in der gerade eine Wanduhr in zierlichen, ab-gestimmten Tönen die Zeit abschlug. Menschen lagen auf dem Boden, auf den Stühlen, an den Tisch gelehnt. Der Glocken-schlag der Uhr verhallte zitternd in der Stube, das Räderwerk rasselte noch einen Augenblick, und dann hörte Martin nur noch das gleichmäßige Ticken und den leisen Nachklang der Glockenschläge in seinen Ohren, so wie es vor vielen langen Jah-ren gewesen war, wenn er zuhause wach im Bett gelegen und hellhörig in die Nacht gehorcht hatte. Es fröstelte ihn, und plötzlich lag alle Müdigkeit der langen Nacht und des langen

Suchens auf ihm. Er kauerte sich in eine Fensternische und stützte seine Beine auf einen Blumenständer daneben. Und in dieser unbequemen Haltung schlief Martin ein.

Er wurde geweckt, bevor der Morgen noch voll war. Ein älterer Herr, in langen Unterhosen und mit einer seidenen Nachtmütze auf dem Kopf, sagte: »Entschuldigen Sie«, und er hob Martins Beine von dem Blumentopf hoch, auf dem sie ruhten. »Das ist nämlich eine seltene Narzisse.« Er nahm den Blumentopf weg, legte Martins Beine wieder behutsam auf den Blumenständer, schob ihn etwas zurecht, damit Martins Beine bequemer lagen, und sagte: »Danke schön.« Dann stieg er mit seinem Blumentopf über die Schläfer zu seinem Bett, stellte ihn auf einen Stuhl, zupfte ein paar abgeknickte Blätter ab, goß aus einer Karaffe Wasser über die Blume, zog seine Nachtmütze zurecht und legte sich wieder ins Bett.

»Ich träume«, sagte Martin. Aber sein Magen gestattete ihm nicht, daran zu glauben. Er stolperte aus dem Zimmer, das nun im ersten Morgenlicht wie eine Insel kleinbürgerlicher Behaglichkeit und pedantischer Ordnung aussah, in das eine Flut heimatlosen Unrat hineingeschwemmt hatte.

Martin überlegte vor dem Haus, nach welcher Seite er gehen sollte. Nach links war es so sinnlos wie nach rechts. Weiterzugehen war so sinnlos wie stehen zu bleiben, es war sinnlos sich hinzulegen und sinnlos, zum Bahnhof zu gehen und wieder in einen Zug zu steigen, der nur wieder in eine andere Stadt fuhr, in der Soldaten suchend durch die Straßen irrten und niemand wußte, wohin die Welt eilte.

Eine Gruppe von Soldaten mit Eßkübeln und Kannen kam vorüber und Martin ging ihnen nach. Am Rande der Stadt bogen sie in den Hof einer Gebäudegruppe ein. »Institut für junge Mädchen« stand über dem Tor. Der Regen hatte den Grund aufgeweicht, Kraftwagen hatten tiefe Kotfurchen durch den Hof gepflügt, leere Konservenbüchsen, Kisten, Stroh, Pappschachteln, Kartoffelschalen und verwelkte Krautköpfe, der ganze Abfall einer provisorischen Soldaten-Proviantstelle füllte den Hof.

Die Beete mit Spalierobst am Rande des Hofes waren mit weißen Kieselsteinen eingefaßt, und zwei Nonnen wateten mit hochgeschürzten Röcken durch den Dreck des Hofes, harkten die Beete zurecht, zupften Grashalme und Unkraut aus und taten sie in einen Korb, den sie von Zeit zu Zeit in einer Ecke des Hofes entleerten, wo über einer hölzernen Einfriedung ein kleines Schild hing mit der Aufschrift »Abfälle«.

Martin stellte sich in die Schlange, die zur Proviantstelle vorrückte. Vor ihm sagte einer: »Wachtposten Nummer 27 – 3 Unteroffiziere, 6 Mann.« – »9 Portionen«, rief der Schreiber aus. Martin kam die Stimme bekannt vor. Sein Vordermann sagte: »Außenstelle Nummer 34 – 2 Unteroffiziere, 12 Mann.« »14 Portionen«, rief die Stimme in den Nebenraum. Martin war an der Reihe. Er zögerte. »Nun?« sagte der Schreiber. Martins Magen drängte. Er sagte: »1 Unteroffizier und 3 Mann – Außenstelle 51.« Sein Herz klopfte.

Der Schreiber trug die Angaben in sein Heft ein: »1 Unteroffizier, 3 Mann, Außenstelle … Welche Nummer sagtest du?« – »Einundfünfzig«, sagte Martin, er hatte keine andere Wahl. »Unser Regiment hat keine Außenstelle 51«, bemerkte der Schreiber müde. Jetzt klang die Stimme ganz vertraut. Der Schreiber sah auf. »Das ist nicht möglich«, dachte Martin, als er seine grauen Schläfen sah. »Ich habe seit gestern mittag nicht gegessen«, flüsterte er dann schnell. Die Augen holten wieder den kleinen Funken Wärme aus dem anderen Leben heraus und der Mund in dem müden, faltenreichen Gesicht sagte leise: »Du hast gestern nach der tschechischen Division gefragt?« Martin nickte.

»4 Portionen!« rief der Schreiber laut ins Nebenzimmer. Dann ließ er Martin den Empfang unterschreiben und sagte: »Außenstelle 51. Ihr habt gestern keine Sonderfassung erhalten?« Und er schnitt von einem Riesenlaib ein Stück Käse, wickelte es in ein Papier. »Der Lastwagen im Hof«, sagte er leise, »fährt in unsere südlichste Außenstelle: Nr. 34. Ich nehme an, dein Posten Nr. 51 ist noch weit, weit südlicher … Adieu, viel Glück in einem anderen Leben.«

Martin faßte Brot, schwarzen Kaffee für vier Leute und eine Büchse Fleisch. Er fuhr mit dem Lastwagen auf irgendeiner Seitenstraße ein paar Kilometer, dann fuhr der Wagen in den Wald und Martin stieg aus.

Er war todmüde, seine Füße waren schwer, sein Kopf benommen. Die Sonne war aufgegangen, die Felder und die Straße dampften leichten Wasserdunst aus, Vögel sangen; ja, Vögel sangen und weit und breit war niemand zu sehen, kein Soldat, kein Tank, kein Flüchtling und kein Flugzeug. Martin streckte sich im Gras aus. Er nahm einen tiefen Zug aus der Feldflasche, der schwarze Kaffee erfrischte ihn. »Ich habe alles nur geträumt«, sagte er, »die Stadt gibt es nicht und den Zugführer auch nicht. Und morgen ist Frieden und ich finde wieder heim.« Er schnitt vom Brot ab und wickelte den Käse aus. Sein Blick fiel auf das beschriebene Papier. Es war eine Seite aus dem Heft, in das der Zugführer gestern abend auf dem Bahnhof die Namen und Regimentsnummern der versprengten Soldaten eingetragen hatte.

DER BEWEIS

DER ANGRIFF AUF DIE BUNKERREIHE VOR DER FABRIK
ging fehl. Sie mußten sich wieder zurückziehen.
Abends, als sie schon ein dutzendmal jedes Detail beredet und
diskutiert hatten, sagte Zugführer Maron: »An allem war die
schlechte Planung schuld. Wenn man exakt plant, alle Varian-
ten voraus bedenkt und die möglichen Gegenzüge ins Kalkül
zieht, dann gibt es keinen Mißerfolg.« Maron war Maschinen-
Ingenieur und glaubte an den Fortschritt durch Verbreitung
von Wissen.

Arnost aber war Gastwirt und zweimal vorbestraft, wegen
Schnapsbrennerei ohne Lizenz. »Unsinn«, sagte er, »gegen Pech
nützt auch keine Voraussicht. Da hab' ich zum Beispiel einmal
Pflaumenschnaps gebrannt, hinter dem Hühnerstall …«

»Das haben wir schon zehnmal gehört«, sagten die anderen.

»Aber es ist ein Beweis, daß man außer Voraussicht auch
noch Glück braucht. Wenn der Hahn nicht so fürchterlich ge-
kräht hätte, als die Polizei kam …«

»Das beweist nur, wie dumm du geplant hast. Hinter
einem Hühnerstall! Ein unberechenbarer Faktor. Als ich meine
Flucht vor den Deutschen plante, wußte ich jedes Detail im
voraus …«

»Auch das haben wir schon zehnmal gehört«, protestierten
die anderen.

»Aber das ist ein wirklicher Beweis. Ich habe …«

»Ein wirklicher Beweis?« Olbracht, der erst vor ein paar
Wochen in den Zug gekommen war, nahm die Pfeife aus dem
Mund. »Wollt Ihr einen wirklichen Beweis hören?«

»Beweis für Planung oder für Glück?«

»Das werdet Ihr selbst sehen. Ihr wißt doch, daß mich die
Deutschen eines Tages in ihre Armee einzogen, obwohl ich ein

Tscheche bin. Mein Vater sagte mir beim Abschied: ›Natürlich wirst du eines Tages überlaufen, so wie wir vor fünfundzwanzig Jahren von den Österreichern zu den Russen übergingen. Aber vergiß eines nicht: Lauf' erst weg, wenn du ganz sicher bist, daß sie dich nicht wieder fangen.‹«

»Mein Gott, was für ein kluger Rat. Allein wär' dir das nicht eingefallen?«

»Zum ersten Male wollte ich weglaufen, als wir bei Verdun lagen. Eine französische Bäuerin, deren Mann in Kriegsgefangenschaft gestorben war, wollte mir Zivilkleider geben und mich verstecken. Nach Kriegsende hätten wir geheiratet. Aber ich lief nicht weg.«

»Wahrscheinlich hatte sie einen Buckel.«

»Der Bauernhof lag auf einem Hügel, weit und breit gab es nur Wiesen und Felder. Wenn sie mich dort suchten, konnte ich nicht weglaufen und mich nicht verstecken. Also blieb ich und wartete. Wir wurden nach Westfrankreich verlegt und ich spekulierte, wie ich es anstellen sollte. Wenn ich weglief, mußte ich solange aushalten, bis die Alliierten das Gebiet erreichten, wo ich mich versteckt hielt. Also war das Wichtigste, genügend Salz zu beschaffen.«

»Warum ausgerechnet Salz?«

»Gedulde dich. Um genug Salz zu haben, braucht man ein Faß.«

»Was hat das mit unserem Beweis zu tun?«

»Könnt Ihr euch vorstellen, wieviel Planung man braucht, um als einfacher Soldat in der deutschen Armee ein leeres Faß zu stehlen? Und wenn man es endlich gestohlen hat, ohne gesehen zu werden, es an die richtige Stelle zu bringen, tief drinnen in einem Wald, in dem die Offiziere Wildschweine jagen? Und dann das Salz zu stehlen? Ein ganzes Faß Salz, nicht bloß eine Eßschale voll? Dazu mußte ich mir aus einem alten Hemd einen Sack nähen und jedesmal, wenn ich Küchendienst hatte, den Sack mit Salz füllen, mich in den Wald schleichen, das Faß ausgraben, den Sack ausleeren, das Faß wieder eingraben. Und jedesmal mußte ich mir eine Ausrede erfinden, falls ich einen Offizier im Wald treffen würde …«

»Lieber Gott im Himmel, erspar' uns diese lange Salz-Geschichte.«

»Und dann mußte ich einen Wasservorrat vorbereiten, Benzinkannen stehlen und sie auskochen und mit frischem Wasser füllen und eingraben und alle 14 Tage wieder ausgraben und das Wasser erneuern. Und dann mußte ich einen Unterstand für mich ausgraben, gegen Artillerie und Flugzeuge. Unter einem Baum, zwischen dem Wurzelwerk, damit man es nicht entdeckte …«

»Mit einem Kanarienvogel, der wie ein Kuckuck sang, damit man nicht glaubte, du seist ein Vogelhändler.«

»Und dann stahl ich noch Eßvorräte und Patronen.«

»Hast du mit einem dreißigjährigen Krieg gerechnet?«

»Ich habe nur auf die Invasion gewartet. Und als die Alliierten landeten, lief ich davon, versteckte mich im Unterstand und wartete, bis sie über den Wald vorrücken würden.«

»Und wozu das Salz? Hast du damit Vögel gefangen?«

»Gleich in der ersten Nacht schoß ich ein Wildschwein und salzte das Fleisch ein. Ich konnte nicht wissen, wie lange die Engländer brauchen würden, um so weit vorzurücken. Es dauerte mehr als zwei Monate, und manchmal konnte ich mich tagelang nicht aus meinem Unterstand rühren. Aber ich hatte alles vorausberechnet, so wie mein Vater mir gesagt hatte: Lauf erst weg, wenn du sicher bist, daß sie dich nicht einfangen können.«

»Das ist ganz einfach«, sagte Maron, »gute Voraussicht und peinlich genaue Vorbereitung. Wie ich es sagte.«

»Dann begann die Schlacht um den Wald. Zuerst die Bomben der englischen Flugzeuge und dann die Artillerie. Ich saß mitten drin, und ich dankte Gott, daß ich nicht faul gewesen war und tief genug gegraben hatte. Auch so hatte ich Angst genug. Die Bäume ringsherum brachen wie Streichhölzer um und die Erde zitterte. Das ging so achtundvierzig Stunden lang.

Aber das alles hatte ich vorausgesehen, und ich saß in meinem Unterstand, aß gepökeltes Schweinefleisch und wartete.

Dann wurde es still, und später hörte ich Panzer um den Wald fahren. Ich wartete noch ein paar Stunden und als sich nichts mehr regte, kroch ich aus dem Versteck. Ich erkannte den Wald nicht mehr. Die Bäume, die noch standen, sahen wie gerupfte und versengte Vögel aus. Über die gefallenen Bäume und die Bombenkrater kam ich nur mühsam vorwärts und verlor auch immer wieder den Weg. Aber das hatte ich vorausgesehen und einen Kompaß gestohlen. So konnte ich die Richtung innehalten.

Dann kam ich zum Waldrand, und obwohl der Weg nun leichter war, wurde es fürchterlich. Hunderte, viele hunderte tote Soldaten lagen herum. In fürchterlichen Stellungen, mit gräßlichen Verwundungen, fehlenden Gliedern, und die Sommerhitze hatte schon die Verwesung begonnen. Über diese Toten hinüberzuklettern, war das schwerste Stück des Weges. Aber ich hörte schon die Stimmen der Engländer und ich lief weiter, obwohl mir einige Male übel wurde.

Die Stimmen kamen aus einem Birkenhain, wo abgekocht wurde. Als ich zwischen den Bäumen auftauchte, riß einer der Köche das automatische Gewehr an sich. Aber ehe er noch anlegen und mich niederknallen konnte – denn ich stand nur noch ein paar Schritte weg – schrie ich: ›Nicht schießen, ich bin ein Tscheche!‹ Und ich war gerettet.«

»Na also«, sagte Maron, »wie ich es gesagt habe. Ein ausgezeichneter Beweis, daß mit geduldiger Planung und genauer Vorarbeit alles gelingen muß.«

»Ja, ja«, meinte Olbracht und steckte seine Pfeife an. »Aber du vergißt eines. Ich bin ein Tscheche, ich kann nicht ein einziges Wort Englisch sprechen und ich trug eine deutsche Uniform. Ich hätte tausendmal dem Koch zurufen können, daß ich ein Tscheche bin und er nicht schießen soll, – der Engländer hätte mich nicht verstanden und geschossen, wenn ich in meinen Berechnungen nicht einen Fehler gemacht hätte.«

»Einen Fehler?«

»Jawohl. Es waren keine Engländer, sondern Amerikaner. Und von all den vielen tausenden Köchen in der amerikanischen Armee war dieser eine der Sohn eines polnischen Auswanderers und verstand, was ich sagte.«

Die Heimkehr

J ACQUEMOT IST ANGEKOMMEN«, SAGTE PETITE-PATTE ZU
den Frauen, die nach dem langen Warten vor dem Flei-
scherladen in der Küche von Mère Breugheuil saßen – ›auf ein
kurzes Wort‹, wie sie sagten, bevor sie das Mittagessen zu ko-
chen begannen.

»Jacquemot?« fragte Marie-Louise. »Jacquemot, der in der
Ziegelei arbeitete? Dessen Frau hat doch …«

»Ja«, schnitt ihr Petite-Patte das Wort ab, »das ist es eben.«
Und sie setzte sich in ihrem Stuhl zurecht. Aber ihre Beine
reichten nicht bis zum Fußboden. »Jacquemot war fünf Jahre
Kriegsgefangener«, begann sie zu erzählen, »er arbeitete auf
einem Hof bei Aachen …«

»Wird das eine lange Geschichte werden?« fragte Mère
Breugheuil. »Dann könnte ich nämlich Wasser für einen Kaffee
aufsetzen.«

»Unterbrich' doch nicht«, Marie-Louise war ungeduldig.
»Was sagte Jacquemot, als er nachhause kam?«

»Das ist eine lange Geschichte, bevor er nachhause kam«,
fuhr Petite-Patte fort. »Als Aachen fiel und die Amerikaner an
dem Hof vorbeizogen, in dem Jacquemot arbeitete, ging er zu
seiner Bäuerin und sagte: ›Nun ist es genug. Ich gehe nachhause.‹ Und die Bäuerin sagte: ›Warum habt Ihr es so eilig? Die
Brücken sind gesprengt und es gibt keine Züge. Ihr könnt hier
warten, und euer Essen könnt Ihr haben, auch wenn Ihr nicht
arbeitet.‹ – ›Besten Dank‹, sagte Jacquemot. ›Ihr seid immer
gut gewesen, auch solange ich noch Gefangener war. Aber jetzt
bin ich frei. Und ich will zu meiner Frau und meinem Kind zurück. Ich habe mehr als fünf Jahre auf diesen Tag gewartet. Und
ich will keinen Tag mehr weiter warten.‹

Er kochte einen großen Topf Kartoffeln, weil es nicht mehr

genug Brot im Hause gab. Er wartete bis sie kalt wurden, tat sie in einen Sack und auch noch ein Stück Rauchfleisch dazu. Das gab ihm die Bäuerin von selbst. Aber er hätte es sich auch nehmen können. Und noch viel mehr. Denn die Deutschen hatten jetzt Angst vor den Gefangenen und vor den fremden Soldaten. Aber Jacquemot sagte: ›Danke, Ihr wart immer freundlich.‹ Und die Bäuerin sagte: ›Vor dem Herrgott sind wir alle gleich und Ihr wart ein guter Arbeiter. Und wenn Ihr es euch überlegen wollt, oder wenn Ihr nicht weit kommt – hier könnt Ihr immer bleiben und abwarten, bis es ruhiger wird.‹

Aber Jacquemot sagte nur Nein, er habe schon zu lange gewartet. Als es Abend wurde, ging er los. Immer in der Richtung vom Feuerschein, von den Schüssen und Explosionen weg. Wenn ich erst mal von der Front weg bin, dachte er, dann finde ich schon den Weg nachhause.

Er ging fast die ganze Nacht durch, immer von der Front weg. Manchmal hörte er Schüsse ganz in der Nähe und dann änderte er seine Richtung. Gegen Morgen kam er zu einem verlassenen Schützengraben in einem Feld. Er kroch in den Graben und schlief ein. Er erwachte durch den Lärm von Maschinengewehrfeuer und traute sich nicht mehr aus dem Graben. Über ihm schoß man von beiden Seiten. Und er hatte geglaubt, schon weit weg von der Front zu sein. Geschosse fielen in den Graben, und er dachte ›Den ganzen Krieg habe ich überlebt, mehr als fünf Jahre habe ich gewartet. Und jetzt, wo es fast zuende ist, muß es mich treffen.‹

Aber es traf ihn nicht, und er duckte sich noch mehr in den Graben. In einer Feuerpause sah er auf und bemerkte, daß er nicht allein war. Es lag noch einer im Graben, und es war ein deutscher Soldat. Aber er hatte keine Waffe.

Sie sahen einander an und sprachen nicht. So lagen sie den ganzen Tag, und über ihnen schossen sie von beiden Seiten. Jacquemot hatte Hunger, aber er wollte nicht von seinen Kartoffeln essen. Denn wenn er den Sack öffnete, konnte er nicht alleine essen. Das ging nicht. Und mit dem Deutschen wollte er nicht teilen. Da hätten die Kartoffeln nicht gereicht für seine lange Reise. Weiß Gott, wie lange sie noch dauern würde. Von hier aus dem Graben mußte er nach Aachen. Von Aachen über Brüssel nach Lille. Und von Lille ging es nach St. Omer und von St. Omer nach Wormhout. Und dann kam schon das letzte Stück, von Wormhout nach Bourbourgh. Wenn er nur schon so weit wäre.

Da sagte der Deutsche: ›Wie gut es ist, daß wir beide keine Waffen haben.‹ Und Jacquemot erwiderte: ›Es ist wirklich gut, daß du keine Waffen hast.‹

Und dann aßen sie beide von den kalten Kartoffeln und tranken aus der Feldflasche des Deutschen. Der Deutsche hatte auch noch ein paar Zigaretten, und sie rauchten. Dann gab der Deutsche Jacquemot zwei Zigaretten, zum Mitnehmen, und Jacquemot schnitt eine dünne Schnitte vom Rauchfleisch ab. ›Eigentlich sollte ich dir nichts davon geben. Ich habe eine lange Reise vor mir. Und ich bin in Eile. Ich habe mehr als fünf Jahre auf diesen Tag gewartet, und jetzt will ich zurück zu meiner Frau.‹

›Ich habe auch eine Frau‹, sagte der Deutsche. ›Ich habe sie vierzehn Monate nicht gesehen.‹ – ›Fünf Jahre und zwei Monate sind es bei mir‹, sagte Jacquemot.

Dann war es Abend, das Feuer hörte auf, sie krochen aus dem Graben, und jeder ging in seiner Richtung fort.

Jacquemot ging drei Tage und drei Nächte. Er schlief auf dem Felde oder in Scheunen, wenn er müde war. Und er ging weiter, wenn er erwachte. Die Höfe waren leer, und auf den Straßen gab es nur Soldaten. Manchmal gaben sie ihm zu essen, dann war er satt. Von den kalten Kartoffeln aß er nur wenig, weil er doch erst am Beginn seiner Reise war.

Er kannte den Weg nicht, und die Soldaten verstanden seine Sprache nicht. Am dritten Tag kam er in ein Dorf, das war ausgebrannt und zerstört wie alle anderen. Jacquemot schien es, als ob er schon am Tage zuvor in diesem Dorf gewesen wäre. Vielleicht war er im Kreis herum gegangen und hatte einen ganzen Tag verloren. Aber vielleicht war es doch ein anderes Dorf. Es war so schwer zu sagen, die Verwüstungen waren überall gleich. Er wußte nicht einmal, ob er noch in Deutschland war oder schon in Belgien.

Dann traf er Militärpolizisten, und sie brachten ihn in ein Lager. Man gab ihm zu essen, verhörte ihn lange und gab ihm dann ein Papier, auf dem stand, daß er Jacquemot hieß, ein Ziegeleiarbeiter aus Bourbourgh im Department Pas de Calais sei und Kriegsgefangener seit Ausbruch des Krieges war. Es gab viele Franzosen im Lager, und es ging lustig zu, weil sie nun wieder frei waren. Aber Jacquemot wollte fort. Der Offizier sagte, es gäbe noch keine Züge und alle Kraftwagen brauche man für den Nachschub an die Front. Aber in ein paar Wochen würde man sie nach Brüssel bringen, in ein anderes Lager. Und von Brüssel gäbe es schon Züge nach Frankreich.

Da sagte Jacquemot: ›Ich habe fünf Jahre und zwei Monate gewartet. Auf diesen Tag. Und ich bin in Eile, um zu meiner Frau zu kommen. Ich will keinen weiteren Tag mehr warten. Ich gehe zu Fuß.‹

Und so ging er zu Fuß. Vierundzwanzig Tage lang.«

»Der Kaffee ist fertig«, sagte Mère Breugheuil. »Es ist bloß Nationalkaffee. Aber Zucker habe ich genug.« – »Wieviel zahlst du auf dem schwarzen Markt?« fragte die Frau des Kohlenhändlers Bramarque. »Achtzig Frank das Pfund, beim alten Lebas neben der Kirche.« – »Ja, das ist der Preis«, stimmten die anderen Frauen zu. Jede nahm bloß ein Stück und biß zu jedem Schluck der schwarzen Brühe ein winziges Stückchen Zucker ab.

»Und was sagte Jacquemot, als er nachhause kam?« fragte Marie-Louise.

»Sei doch nicht so ungeduldig«, antwortete Petite-Patte. Sie stellte ihre Tasse auf den Tisch zurück, vergewisserte sich noch einmal, daß ihre Beine nicht bis zur Erde reichten, hielt dann noch einen Moment inne, um Mère Breugheuil Gelegenheit zu geben, ein paar Holzscheite in den Ofen zu werfen, und begann dann von neuem:

»Ja, wo war ich stehengeblieben? Jacquemot ging also vierundzwanzig Tage. Manchmal nahm ihn ein Wagen mit, dann
kam er schnell vorwärts. Aber manchmal ging er in der
falschen Richtung und verlor kostbare Stunden oder Tage. Seine Kartoffeln waren schon lange verzehrt, und auch das Stück
Rauchfleisch. Aber dafür hatte er jetzt sein Papier, und damit
konnte er überall essen und schlafen. Aber am liebsten schlief
er in Scheunen oder im Freien. Da konnte er einfach weiter-
marschieren, sowie er aufwachte.

Als er in Lille ankam, waren es auf den Tag fünf Jahre und
drei Monate seit seiner Gefangennahme. Im Haus der Kriegsgefangenen gaben sie ihm neue Wäsche und Schuhe, er konnte
baden und sich die Haare schneiden lassen. Dann aß er Abendbrot, und zum erstenmal gab es wieder Wein. Da wußte er, daß
er in seiner Heimat war.

Als er fertig gegessen hatte, fragte er: ›Wann kann ich
nachhause fahren?‹ Man sagte ihm, der nächste Sonderzug für
Kriegsgefangene nach St. Omer ginge nächsten Nachmittag.
›So lange kann ich nicht warten. Ich habe schon fünf Jahre und
drei Monate gewartet, um nachhause zu kommen. Jetzt bin ich
in Eile. Ich kann nicht länger warten.‹

Er ging die ganze Nacht und war doch nicht müde. Es war
schon nicht mehr weit nachhause. Und zuhause warteten seine
Frau und sein Kind. Wie sie wohl aussehen würden, die beiden, nach mehr als fünf Jahren?

Gegen Mittag nahm ihn ein Lastwagen mit bis nach St.
Omer. Er schlief ein paar Stunden im Heim der Kriegsgefangenen und dann wollte er wieder weiter. Aber nach Bourbourgh
gab es nur einen Zug täglich, am Vormittag. Und Jacquemot
sagte dem Kommandanten des Heimes: ›Bis morgen vormittag
kann ich nicht warten. Ich habe fünf Jahre und drei Monate gewartet. Und jetzt bin ich in Eile, um nachhause zu kommen.‹

Er machte sich wieder auf den Weg, und er war noch immer nicht müde. Denn das war schon das letzte Stück des Weges, und das war die letzte Nacht, die er allein war. Morgen war

er daheim bei seiner Frau und zwischen seinen vier Wänden. Es war gar nicht auszudenken, wie das sein würde, morgen.

Nach Einbruch der Dunkelheit überholte ihn ein Auto. Der Arzt aus Wormhout. Er hatte einen Patienten ins Spital nach St. Omer gebracht und dann im Kriegsgefangenenheim gefragt, ob er jemanden mitnehmen könnte. Und man hatte ihm gesagt, Jacquemot sei auf der Straße nach Wormhout. So nahm er ihn jetzt mit, und kurz vor Mitternacht kamen sie in Wormhout an. Der Arzt lud Jacquemot ein, bei ihm zu übernachten, aber er sagte nur wieder: ›Jetzt sind es nur noch ein paar Stunden. Und ich habe fünf Jahre und drei Monate darauf gewartet.‹

Er ging die ganze Nacht durch und kam gegen Morgen in Bourbourgh an.«

»Und was sagte er, als er nachhause kam?« fragte Marie-Louise.

»Mon dieu, tais toi », sagten die Frauen. »Schweig doch.« Und Petite-Patte trank langsam und bedächtig eine zweite Tasse Kaffee, und nachdem sie die Beine kurz und vergeblich in der Richtung nach dem Fußboden bewegt hatte, fuhr sie fort.

»Ihr wißt, Jacquemots Schwiegereltern wohnen an der Straße nach Wormhout. Jacquemot wollte nur Guten Tag sagen und gleich wieder weiter. Aber die alte Goreliot, Ihr kennt sie doch, sie wäscht für die Arbeiter in der Raffinerie, – sie sagte nur immerfort, ›Nein, bleib nur noch ein wenig hier. Großer Gott, das ist doch eine Überraschung. Da kannst du doch nicht gleich wieder weggehen. Wie lange ist das denn schon her, daß du weg bist?‹ Und Jacquemot sagte: ›Fünf Jahre und drei Monate. Und deswegen kann ich nicht hier warten. Ich muß nachhause. Und wie geht es Thérèse?‹

Da wurde die alte Goreliot verlegen und gab keine Antwort. Und dann sagte sie zu ihrem Mann: ›Geh und hole die Flasche, die wir für diesen Tag versteckt haben.‹ An der Tür flüsterte sie ihm etwas zu und Jacquemot hörte bloß den Namen Thérèse. ›Was ist los?‹ fragte er. ›Nichts, ich habe Vater nur gesagt, Thérèse benachrichtigen zu lassen, daß du hier bist.‹

›Aber ich wollte sie doch überraschen.‹

›Es ist besser, wenn Therèse vorbereitet ist.‹

›Warum?‹

Da gab sie wieder keine Antwort, und plötzlich wurde es Jacquemot unheimlich zu Mute und es war ihm fast so wie im Schützengraben zu Beginn seiner langen Reise, als sie von beiden Seiten geschossen hatten und er fürchtete, daß er nie wieder hinauskäme. Er wollte aufstehen und nachhause gehen. Es ist ja nur ein paar Straßen weit, von den Goreliots zu Therèse. Aber auf einmal konnte er nicht mehr weitergehen, und er sagte: ›Belle-mère, was ist denn los? Ich habe mehr als fünf Jahre auf diese Stunde gewartet. Und jetzt seid Ihr so merkwürdig. Ist etwas mit Therèse los?‹

In diesem Augenblick kam der alte Goreliot mit der Flasche in die Stube und seine Frau sah ihn so an, daß er gleich wußte, was los war. ›Einmal mußt du es ja doch erfahren‹, sagte er schließlich. ›Da ist es schon besser, du erfährst es von ihrem Vater. Therèse hat man die Haare geschnitten.‹

Jacquemot sah ihn verständnislos an. Da wurde auch der alte Goreliot verlegen. ›Du weißt doch, welchen Frauen man die Haare geschnitten hat, als die Deutschen weg waren?‹

Jacquemot antwortete noch immer nicht. Der alte Goreliot gab sich einen Ruck. ›Es ist auch ein Kind von ihm da.‹

›Ein Kind von einem deutschen Soldaten?‹

›Ja, ein kleiner Boche.‹

›Ein Kind von einem deutschen Soldaten‹, sagte Jacquemot. ›Und darauf habe ich fünf Jahre gewartet.‹

Dann trank er allein die ganze Flasche leer und ging in die Stube nach oben. Er schlief den ganzen Tag und die ganze Nacht.

Therèse hatte indessen das Haus sauber gemacht und wartete auf Jacquemot. Mittags schickte sie die Nachbarin in die Kirche. Sie möge für sie beten, zur Heiligen Maria Mutter Gottes. Sie möge sie um Gnade bitten. Sie selbst könnte schon nicht mehr in die Kirche gehen. Das wäre zu unziemlich, nach all dem, was vorgefallen war. Aber wenn ihr die Mutter Gottes diesmal, nur dieses einzige Mal, noch helfen wollte …

Jacquemot kam auch den ganzen nächsten Tag nicht in die Küche der Goreliots herunter. Die alte Goreliot stellte ihm das Essen vor die Stubentür. Und unten in der Küche hörten sie nur, daß er rastlos in der Stube auf und ab ging.

Am zweiten Abend kam er in die Küche, wusch und rasierte sich und bat, Thérèse zu holen.

Thérèse gab die beiden Kinder, seines und das des deutschen Soldaten, zur Nachbarin. ›Mon dieu‹, sagte sie, ›ich habe solche Angst.‹

Und dann stand sie vor ihm, und er schwieg. Sie wußte nicht, was sie tun sollte. Ihm um den Hals fallen oder frech sein und so tun, als ob sie ihn nicht mehr haben wollte. So sagte sie auch nichts. Sie sahen sich beide nur an, waren ganz rot im Gesicht, und die Goreliots wußten auch nicht, was zu sagen.

›Vielleicht ist es besser, wir lassen euch allein‹, sagte der Vater.

›Nein‹, sagte Jacquemot. ›Ihr sollt hören, was ich sagen will.‹ Er sprach langsam. Er konnte die richtigen Worte nicht finden. ›Fünf Jahre und drei Monate habe ich auf diese Stunde gewartet. Wißt Ihr, was das heißt? Fünf Jahre und drei Monate, jeden Tag und jede Nacht und jede Stunde habe ich an diesen einen Augenblick gedacht. Wißt Ihr, wie viele tausendmal das ist? Und jetzt soll das alles vergeblich gewesen sein?‹

Er schwieg wieder, und Thérèse begann zu weinen. Jacquemot ging auf sie zu. Jetzt würde er sie schlagen.

›Thérèse. Ich kann nicht anders. Ich habe zu lange auf dich gewartet. Mehr als fünf Jahre. Das muß wahr bleiben. Wenn du glaubst, daß bei dir alles begraben ist – so soll es auch bei mir sein …‹«

Die Frauen in der Küche der Mère Breugheuil gerieten in Aufregung. »Das ist unmöglich«, sagte die Frau des Kohlenhändlers Bramarque. »Jacquemot ist ein Hahnrei«, meinte Mère Breugheuil.

»Es ist alles wahr«, sagte Petite-Patte und sprang von ihrem Stuhl. »Die alte Goreliot selbst hat es mir erzählt.«

»Warum auch nicht?« sagte Marie-Louise. »Jacquemot ist ein ganz außerordentlicher Mensch.«

Die Frauen wandten sich nach Marie-Louise um. »Wann kommt dein Mann zurück?«

»Ich weiß nicht. Ich habe keine Nachricht. Sein Lager ist noch nicht befreit.«

»Da hast du Glück«, sagte die Frau des Kohlenhändlers Bramarque. »Wenn es noch ein paar Wochen dauert, wird dein Haar so nachgewachsen sein, daß es niemand bemerkt.«

Einfache Leute

Als sie den Sektor am Grossen Kanal von den kanadischen Soldaten übernahmen, wurde ihnen mit den Gräben, Bunkern, Minensperren und dem kleinen Dorf um den Kirchenplatz auch viel guter Rat übergeben. Der kanadische Kommandant sagte zu ihrem Hauptmann: »Nur die Ecke an der gesprengten Brücke ist gefährlich. Dort haben wir drei Mann verloren. Der Bevölkerung traue ich nicht über den Weg. Wahrscheinlich lauter Kollaborateure. Wein gibt's genug. Der Keller des Gutshauses ist voll.«

Der kanadische Zugführer sagte ihrem Feldwebel: »Ein dreckiges Nest. Lauter Wachdienst, immer Regen und Kot. Nur eine Kneipe, in der es nichts zu trinken gibt. Und alle Frauen sind evakuiert worden.«

Der kanadische Wachsoldat am Außenposten sagte zu Martin, der ihn ablöste: »Solange es hell ist, kannst du schlafen. Tagsüber kann man auf viele Kilometer weit sehen. Wenn's dunkel wird, mußt du achtgeben. Sie kommen meist dort, zwischen den zwei Heuschobern, durch. Sonst ist es ein Ruheposten. Jeden zweiten Tag Dienst. Und im Dorf gibt's eine Frau. Du gehst über den kleinen Platz, um die Kirche 'rum, das dritte Haus rechts. Im Fenster steht ein Schild: ›Hier wird für alliierte Soldaten gewaschen.‹ Wenn du da mal ein Stück Seife mitbringst, oder Schokolade – sie weiß schon. Sie kennt das schon von den Deutschen.«

»Danke schön«, sagte Martin. »Weißt du sonst noch etwas Nützliches?« – »Oh ja. Die meisten Leute hier sind evakuiert worden. Fast alle Bauernhöfe sind leer. Aber ich habe einen gefunden, da wohnen sie noch drin. Vielleicht bekommst du da Eier. Und eine junge Tochter ist auch da. Aber ich weiß nicht, ob dir das 'was nützen wird.« – »Warum nicht?« – »Ich war dreimal da. Und ich habe weder Eier bekommen noch die Tochter. Das sind alles Kollaborateure. Die würden uns am liebsten über alle Berge sehen.«

»Ich kann's ja versuchen«, meinte Martin und ließ sich den Weg zum Haus beschreiben.

Es regnete in Strömen, als Martin sich am nächsten Abend auf den Weg machte. Hinter der Kirche fragte ihn ein Soldat: »Weißt du vielleicht, wo man hier waschen lassen kann?« – »Im dritten Haus rechts. Aber du mußt Seife selbst mitbringen.« – »Ach was, mit Schokolade wird es auch gehen.« Hinter dem Gutshaus schoß eine Batterie in unregelmäßigen Abständen auf die belagerte Stadt. Zwei Männer standen in der Tür eines kleinen Hauses und sagten ehrerbietig: »Bon soir, Monsieur.«

Die Wiesen waren überschwemmt. Die Wassergräben liefen über. Und es regnete noch immer. Es war schon dunkel, und Martin stolperte in große Pfützen. Der erste Hof war leer. Im zweiten Hof waren Soldaten aus Martins Zug. »Wir suchen nach Minen«, sagten sie lachend. »Aber es hat schon jemand vor uns alle Schubladen durchgestöbert. Diese kanadischen Diebe haben schon alles mitgenommen.«

Das nächste Haus war klein und niedrig. Ein Hund bellte, als Martin an der Tür klopfte. In der Stube war es fast dunkel. Erst als er die Tür hinter sich geschlossen hatte, drehten sie die Lampe hoch.

»Guten Abend. Ich möchte gern ein paar Eier eintauschen. Gegen Zigaretten oder Seife.«

»Wir haben keine Eier.« Die Frau stand in der Mitte des Zimmers, neben dem niedrigen gußeisernen Ofen, dessen langes Rohr in einem Doppelknie zur Wand führte. Eine Pfanne mit Bohnen und Kartoffeln stand auf dem Ofen, und die Frau teilte große Portionen in die Teller auf dem Tisch aus. »Wir sind bloß Häusler, keine Bauern. Wir haben keinen Hof. Nur ein paar Hühner. Und jetzt im Herbst legen die Hühner schlecht.

Wir haben selbst nichts. Sie bekommen doch in der Armee genug zu essen. Warum kommen Sie zu uns?« Sie kratzte mit heftigen Bewegungen die Pfanne leer, schlug mit dem Löffel auf den Pfannenboden, und ihre Augenbrauen zogen sich zusammen. »Eier tauschen. So beginnt es immer. Nichts da. Wir sind arme Leute. Wir haben selbst nichts.«

Martin wandte sich zum Gehen. »Entschuldigen Sie. Ich wollte wirklich nur Eier tauschen. Wir essen seit Monaten nur Büchsenfleisch und Keks. Jeden Tag. Wir haben es alle satt. Ich kann Ihnen mal so eine Fleischbüchse bringen. Die ersten dreißig Tage schmeckt's ja. Gute Nacht.«

»Gute Nacht«, sagte die Frau.

»Du könntest doch den Soldaten zumindest zu unserem Essen einladen«, der junge Mann stand von seinem Hocker auf und schob ihn Martin zu. »Setzen Sie sich.«

»Danke, nein. Ich will Sie nicht beim Abendessen stören.«

»Sie stören nicht. Wir sind froh, daß Sie gekommen sind, Sie sind der erste von den Neuen.« Die Stimme kam von einem Mädchen in blauen Arbeitshosen. Sie nahm Martins Hand. »Guten Abend. Mutter meint es nicht so, wie sie es sagt. Setzen Sie sich. Wenn wir abends hier um den Tisch sitzen, sprechen wir gerne mit Freunden. Das haben wir schon lange nicht mehr können. Sie sind doch ein Freund?« Ihre Stimme war hell und fest. Man konnte ihr nicht ausweichen.

Martin machte eine verlegene Geste. »Wir sind hier, um die Stadt zu belagern. Rechnen Sie uns da zu Ihren Freunden?«

»Laßt das Reden«, unterbrach die Frau, »das Essen wird kalt.« Sie nahm einen Teller und teilte von ihrer Portion die Hälfte ab. »Hier. Seien Sie willkommen.« Die Familie nahm um den Tisch Platz. Erst jetzt bemerkte Martin das alte Paar. Sie hatten auf einer Truhe neben dem Ofen gesessen und beide sagten »Bon soir, Monsieur«, bevor sie sich an den Tisch setzten.

Martin saß am Kopfende des Tisches, zwischen dem Mädchen und der Frau. Ein Platz am anderen Ende des Tisches war leer. Der junge Mann sagte: »Wir können Ihnen nichts besseres vorsetzen. Wir müssen auch vom Bauern kaufen. Wir haben nichts, um einzutauschen, und in der Stadt bekommt er alles mögliche für seinen Speck und seine Butter.« Die beiden Alten nickten zustimmend. Sie bröckelten mit harten, starren Fingern schwarzes Brot in das Bohnenwasser und wischten mit der Krume den Teller rein.

Nach dem Essen sagte die Frau: »Es gibt nur Kaffee-Ersatz. Aber Zucker haben wir. Und Brot, wenn Sie noch hungrig sind.«

»Was glaubst du, Soldat«, das Mädchen sah ihm ins Gesicht, »wie lange gibt es noch Krieg?«

»Das kann niemand wissen. Ich denke, es wird noch über den Winter dauern.«

»Da werden sie mich vielleicht auch noch einziehen. Ich habe schon genug vom Krieg gehabt«, sagte der junge Mann.

»Das ist aber doch Ihr Land, für das wir hier Krieg führen.«

»Ach was«, die Frau biß ein Stück Zucker ab und trank die schwarze Brühe nach. »Unser Land. Nichts gehört davon uns. Wir armen Leute bezahlen immer die Rechnung. So oder so. Da gibt's nicht viel Unterschied.«

»Das ist wahr«, sagte der Alte. »Wir müssen immer bezahlen.«

»Wenn er euch so reden hört, muß der Soldat glauben, wir haben zu den Deutschen gehalten.« Das Mädchen war empört. »Die kämpfen doch für uns.«

»Für uns kämpft niemand«, die Mutter blieb unversöhnlich. »Ich will meine Ruhe haben. Ich will von all dem nichts wissen.«

»Dafür ist es nun schon zu spät«, meinte der Sohn.

»Und wie war es hier unter den Deutschen?«

»Nicht leicht«, warf das Mädchen schnell ein. Sie warf einen ängstlichen Blick auf ihre Mutter und fuhr dann eilig fort zu erzählen, die übliche Geschichte, die man in diesen Tagen in Frankreich zu hören bekam. Von bösen Soldaten, von Angst und Hunger, von Erschießungen und dem grauenvollen Alpdruck: den Kellern der Geheimen Polizei. Die Mutter saß indessen mit zusammengekniffenen Lippen am Tisch und der Sohn klopfte mit seinem Löffel eine unregelmäßige Begleitung zur Erzählung der Schwester. Dann warf er den Löffel auf den Tisch und sprang auf. Seine Schwester verstummte; er ging langsam zum Ofen, hielt die Hände über die warme Herdplatte und sagte, den Rücken zum Tisch gewendet: »Das ist alles nicht wahr. Das weißt du selbst, Renée.«

Renée wurde rot. »Du hast recht, Raymond. Es ist nicht wahr. Das kannst du nicht verstehen, Soldat. Wir sind eine unglückliche Familie. Aber das ist unsere eigene Angelegenheit.«

»Warum kann er das nicht verstehen?« Die Mutter öffnete kaum die Lippen beim Sprechen. Ihre Sätze klangen wie Peitschenhiebe. »Alle fragen: Wie war es unter den Deutschen? Aber was sie meinen, ist: Was habt ihr gegen die Deutschen unternommen? Wart ihr in der Résistance? Jeder spricht heute nur von Widerstand. Lügenbeutel und Mauldrescher sind sie. Nein, wir waren nicht in der Résistance. Wir haben nichts gegen die Deutschen unternommen. Wir sind arme Leute. Wir haben gelebt. Das ist alles. Als sie kamen, sagte ich: wir müssen leben bleiben. Mehr haben wir nicht getan. Wir sind am Leben geblieben. Wir haben nicht gestohlen und nicht am Schwarzen Markt gehandelt. Wir haben gearbeitet und wir sind ehrlich geblieben. Und weiß Gott, das war manchmal mehr als unsere Kräfte aushalten konnten …«

»Warum sagst du nichts, Soldat?« Renées Augen blieben auf ihren Teller gerichtet.

»Tja«, Martin war verlegen. »So war es also.«

Die Mutter brach wieder los: »So sagen Sie es doch gleich raus, daß Sie uns für Verräter halten. Sie sind ja nicht der erste. Jetzt haben wir ja Freiheit, da kann jeder den Mund aufmachen.«

»Ihr macht ihn ganz konfus«, Raymond wandte sich vom Ofen zu Martin, »wie soll der Soldat das verstehen? Komm, Mutter, es hat keinen Sinn, immer so zu reden. Ich weiß, du hast deinen Stolz. Aber der Soldat kennt uns doch nicht. Und wenn er jetzt weggeht, wird er uns nie mehr wiedersehen. Also lass' lieber mich erzählen.«

Er setzte sich an den Tisch und begann:

»Hier auf dem Land waren die Deutschen nicht so, wie man es jetzt immer hört. Wir haben nur ein kleines Stückchen Land. So arbeiten wir im Sommer bei den Bauern und im Winter in der Stadt. Als es Arbeit nur noch bei den Festungsbauten gab, blieben wir zuhaus.

Aber es war nicht leicht. Wir waren sechs zuhause, der Winter war kalt, die Kanäle zugefroren, es gab keinen Fischfang. Mutter hat uns irgendwie durchgefüttert. Sie wollte auch nicht, daß wir am Festungsbau arbeiten. So überstanden wir den ersten Winter, und im Frühjahr gab es wieder Arbeit.

Damals begann man vom Widerstand zu reden. Die Bauern versteckten Butter, Speck und Mehl vor der deutschen Ablieferungskontrolle. Wenn sie vorüber war, sagten die Bauern: Nun geht das alles in die Stadt. Sie werden unsere Leute nicht aushungern. Das war sehr patriotisch. Und es war auch sehr einträglich.

Für uns war es nicht so leicht. Im zweiten Winter hatten wir nichts mehr erspart. Ein paar Wochen saßen wir in der Stube herum. Und dann gingen wir auch auf den Festungsbau. Es gab schon Leute, die leicht länger hätten aushalten können; die unabhängig sind und noch etwas Geld haben, der Baumeister und der Steinbruchbesitzer. Aber die sind schon am ersten Tag hingelaufen. Und wie die heute vom Widerstand reden!

Eines Tages wurde Vater aufgefordert, einen Aufruf für ein unabhängiges Groß-Flandern zu unterzeichnen – Vater ist ja Flame. Er sagte natürlich Nein. Das ganze war ein Schwindel, um die Flamen gegen die Franzosen zu hetzen. Aber als der Aufruf herauskam, stand doch sein Name darunter. Vater ist nämlich im Kirchenvorstand, und obwohl wir arm sind, genießt er doch Ansehen.

Er war empört und protestierte. Er ging von Haus zu Haus und erklärte, daß er nicht unterschrieben hätte. Die meisten glaubten ihm. Aber nicht alle. Er fuhr in die Stadt, ins Amt zu den Deutschen, um zu verlangen, daß man seine Unterschrift widerruft. Wir haben ihn seither nicht mehr wiedergesehen. Die Deutschen verbreiteten, er säße in Gent, in guter Stellung, im Nationalverband für Groß-Flandern.

Wir und unsere Freunde haben es nie geglaubt. Aber es gab doch Zweifler. Mutter bekam es am meisten zu fühlen. Beim Einkaufen, in der Schlange. Am Sonntag in der Kirche.

Auf der Baustelle war es auch nicht leicht. Der Bauleiter hatte wahrscheinlich Auftrag, mich zu bevorzugen, damit die Leute die Behauptungen über meinen Vater glaubten. Das war ja das Ärgste an den Deutschen: wie sie unter uns selbst Mißtrauen zu säen verstanden. Sie wiesen mir leichtere Arbeit zu und gaben mir Sonderanweisungen für Schuhe und Kleider. Als ich ihre Absicht erkannte, waren die anderen auch schon mißtrauisch geworden. Ich wies alle weiteren Vorteile zurück. Aber dennoch verstummte manches Gespräch, wenn ich hinzukam.

Ich wollte etwas tun, um Ihnen zu zeigen, daß wir ehrliche Leute sind. Wenn ich zum Beispiel unseren Vormann am Bau erschlagen würde, müßten sie mir glauben, daß wir zu unseren Leuten halten und nicht zu den Deutschen. Ich wäre dann weggelaufen und hätte mich versteckt. Das taten ja schon viele. Und unsere Familie hätte sonntags wieder aufrecht in die Kirche gehen können.

Vielleicht hätte ich es zuwege gebracht, wenn ich mehr Grund gehabt hätte, unseren Vormann zu hassen. Aber außer daß er ein Deutscher war und wir Festungen gegen unsere Verbündeten bauen mußten, hatten wir nichts gegen ihn. Er hetzte uns nur, wenn Kontrolle kam, da hatte er Angst. Wissen Sie, Soldat, die Deutschen hatten eigentlich mehr Angst als wir. Wir fürchteten nur sie. Aber sie fürchteten uns und sie hatten auch Angst voreinander. Unser Vorarbeiter war zuhaus auch nur ein Bauarbeiter. Es war nicht recht, ihn zu erschlagen, nur damit unsere Familie wieder ihre Ruhe haben konnte.

Ich grübelte und grübelte, was ich tun sollte, um die Leute zu überzeugen. Aber es war so schwer. Was wir bisher gelernt hatten, genügte auf einmal nicht mehr, um mit der Welt fertig zu werden. Dann wurde es noch ärger. Wegen meiner Schwester ...«

Er stockte. Renée sah auf: »Erzähl' nur ruhig weiter. Es ist ja schon alles längst vorbei.«

»Wir bekamen Einquartierung, drei deutsche Soldaten. Am ersten Tag sagte Mutter: ›Wir werden ihnen alles geben, was wir ihnen geben müssen. Aber nichts, auch nicht das Geringste mehr.‹

Wenn sie fragten, sagten wir Ja oder Nein und kein Wort mehr. Wenn sie in die Stube kamen, schwiegen wir. Manchmal brachten sie Konserven, aber wir nahmen sie nicht. Wir antworteten nicht einmal, wenn sie Gute Nacht sagten. Mutter machte ihre Stube rein und was sie sonst noch verlangten. Sie konnten sich nicht beschweren; wir waren korrekt.

An einem Abend griffen die englischen Flieger die Stadt an. Wir liefen vors Haus, die Soldaten auch. Als die Engländer den großen Öltank trafen und der Himmel rot vom Feuer war, riefen wir ›Bravo!‹ Einer der Soldaten kam auf uns zu und fragte: ›Wer hat Bravo gerufen?‹ – ›Wir alle‹, antworteten wir. Er stieß eine Drohung aus und rief die anderen ins Haus. Wir hörten sie erregt reden, und nach einer Weile kam der jüngste heraus, stand einen Augenblick unschlüssig vor der Tür und sagte dann: ›Bitte geben Sie acht, was Sie reden. Wir haben so strenge Vorschriften über die Ehre unserer Armee. Meine Kameraden ... Ich will nicht, daß man Ihnen weh tut.‹ Er sagte ›Ihnen‹, aber er sah die ganze Zeit nur Renée an.

So begann das Ende unseres Schweigens. Wir versuchten es noch lange weiter. Und wenn alle drei zusammen waren, ging es auch. Wenn er allein war ... ehrlich gesagt, zum Schluß wollten wir auch schon nicht mehr. Er war ein netter Kerl, bescheiden und höflich. Er hackte Holz, er trug Wasser für Renée, er grub den Gemüsegarten um, immer nur, wenn er allein war.

Die anderen wußten nichts davon. Wenn sie da waren, wurde er fremd wie sie. Er hatte Angst vor ihnen.

Eines Tages sagte Großmutter: ›Ich glaube zwischen Renée und dem Deutschen ist was los‹ ...«

»Ja, ja«, fiel die Großmutter ein, »ich hab's als erste bemerkt. Mir kann man nichts vormachen.« Sie fuchtelte mit ihrem dünnen Arm, ihre alten Augen lachten verschmitzt. »Großmutter sieht alles, Großmutter hat noch immer die besten Augen. Ich habe vier eigene Töchter unter die Haube gebracht. Ich weiß, wann das Herz einem zu den Augen herausguckt.«

»Nichts habt Ihr gesehn, Großmutter«, protestierte Renée. »Es gab nichts zu sehen.«

»Na, na. Nichts zu sehen. Das hab' ich auch gesagt, als ich jung war. Heute nichts zu sehen und morgen kommt schon das Aufgebot. Alles habe ich gesehen. Wie lange du gebraucht hast, die Tiere zu füttern, wenn er im Garten arbeitete. Wie er das Wasser aus dem Brunnen holte und Ihr zu zweit den Eimer getragen habt. So schwer war das Wasser früher nicht. Wie du rot geworden bist, wenn er ...«

»Ach, Großmutter, Sie könnten einen Engel schlecht machen mit Ihren Reden.«

»Du bist kein Engel, und ich mach' dich nicht schlecht.«

»Wir haben dich nicht schlecht gemacht, Renée, das darfst du nicht sagen.« Zum erstenmal klangen die Worte der Mutter nicht mehr hart. »Ich konnte es ihr nicht übelnehmen, Soldat. Mir hat man es auch nicht leicht gemacht, als ich einen Flamen zum Mann nahm. ›Du bist französisch‹, sagten sie immer. Aber damals war es ja noch leicht. Wenn man rechtschaffen war, blieb es schließlich gleich, was man war. Aber heute?

Ich sagte immer: ›Renée, das mußt du mit dir selbst ausmachen, und wenn du nicht weißt, was tun, so frage deinen Herrgott. Aber du darfst keine Schande über uns bringen. Wir sind Franzosen, und sie sind heute unsere Feinde. Wenn Ihr euch wirklich wollt, so könnt Ihr bis nach dem Krieg warten. Und wenn sie, wie ich hoffe, den Krieg verlieren, dann kannst du ihn heiraten. Aber wenn sie den Krieg gewinnen, darf er nicht mehr in unser Haus. Es soll keiner sagen, daß du des Vorteils wegen heiratest‹.«

»Einer unserer Nachbarn muß einmal etwas bemerkt haben«, fuhr Raymond fort, »wahrscheinlich abends bei einem Besuch. Damals konnte man es den Beiden ja schon aus der Ferne ansehen. Aber daß man uns beredete, erfuhren wir erst später. An einem Sonntag in der Kirche.

Sie wissen doch, man hört die Sonntagspredigt nicht immer mit ganzem Ohr. Man träumt ein bißchen, wenn unser Herr Pfarrer redet, die Gedanken gehen weit weg aus der Kirche. Man denkt auch nicht immer, daß diese Worte mit ihren vielen Bedeutungen einen Sinn für unser eigenes Leben haben. So war es auch an diesem Sonntag. Aber mit einem Mal spürte ich, daß die Stimmung in der Kirche sich merkwürdig veränderte. Die Leute wurden unruhig, sie räusperten sich und drehten sich um. Ich horchte auf, worum es ging. Herr Pfarrer sprach diesmal besonders weitschweifig, und jeder Satz klang, als ob er in Wirklichkeit etwas anderes bedeuten sollte. Aber man konnte keinen Zweifel haben, was er wirklich meinte, denn es war unzweideutig, wohin die Leute blickten; er sprach gegen uns, gegen Renée, die in hoffärtiger Verblendung sich den Mächtigen zugewendet hätte, statt den Guten.

Oh, diese Schande! Es war als ob ein Wind, erst von Eis und dann von Feuer, durch die Kirche wehte …«

Raymond verstummte. Martin sah das Kruzifix an der Wand, die Statue der Mutter Gottes unter dem Glassturz auf der Kommode und die Gesichter der drei Generationen in der Stube, die noch in der Erinnerung das Entsetzen jenes Augenblickes widerspiegelten.

»Ich brannte vor Scham. Ich bildete mir ein, die Leute neben uns seien von uns weggerückt, als wären wir aussätzig. Ich wollte schreien, daß es nicht wahr ist, daß wir anständige Leute sind, daß wir an Gott glauben, daß wir nichts Unehrliches getan haben. Ich wollte Renée vor den Altar zerren und bekennen lassen, daß sie rein ist und keine bösen Absichten hat. Ich wollte etwas tun, etwas Fürchterliches oder unglaublich Starkes, um Ihnen zu zeigen, daß alles nur Verleumdung ist und daß sie uns glauben müssen.

Aber was sollte ich tun? Ich saß da mit rotem Kopf. Ich sah, daß Renée weinte und daß Mutter die Lippen zusammenbiß, und mir fiel nichts ein, was ich tun sollte. Was ich tun sollte, jetzt, sofort, denn in wenigen Augenblicken mußte der Gottesdienst zu Ende sein. Und wir würden aus der Kirche treten und über den Kirchplatz gehen müssen, wo die Leute immer noch eine Weile beisammen stehen und dies und das bereden, bevor sie nach Hause gehen.

Niemals war der Gottesdienst so schnell zu Ende. Als wir aus der Kirche traten, glaubte ich, daß alle nur auf uns blickten. Wir blieben eine Weile unschlüssig stehen, und ich dachte, wir würden niemals ans andere Ende des Kirchenplatzes kommen. Dann kam der Herr Pfarrer aus der Kirche, und ich stürzte auf ihn zu, das war die letzte Gelegenheit. Ich war so aufgeregt, ich konnte nichts herausbringen, ich sagte immer nur: Herr Pfarrer, Herr Pfarrer ... Renée schob mich beiseite. ›Laß mich, Raymond. Das ist meine Angelegenheit.‹ Die Leute drängten sich um uns, und Renée sagte: ›Glaubt mir bitte, bitte glaubt mir doch. Er hat mich niemals angerührt. Es gibt nichts zwischen mir und ihm, gar nichts.‹ Sie brach in Tränen aus. ›Ich gehöre doch zu euch. Ihr müßt mir glauben, oh, Ihr müßt mir glauben.‹

Der Herr Pfarrer und die Leute beruhigten sie. Die meisten waren sogar sehr freundlich. Wir haben eben doch manche gute Freunde hier. Und es ist kein schlechter Menschenschlag, unsere Gemeinde. Sie sind nur mißtrauisch.«

»Na, na, na«, unterbrach Großmutter und ihr Kopf wakkelte eifrig. »Schlecht sind sie nicht, aber sie sind schon ganz froh, wenn sie andere schlechtmachen können. Nein, nein, das weiß ich besser als du. Ich kenne die Frauen. Jede hat was auf dem Kerbholz, so wie wir alle. Man macht es uns ja nicht leicht. Und wenn man von den anderen was Schlechtes denken kann, das tut dann wohl, für die eigene Schlechtigkeit. Ah, red' mir nicht dazwischen, ich kenne unsere Leute. Können sich selbst nicht verzeihen, wenn sie was Unrechtes tun. Und wie erst den anderen? Und wer konnte in diesen Jahren leben, ohne Unrecht zu tun?«

»Das alles hat doch nicht geholfen«, sagte die Mutter. »Sie glaubten uns erst, als zwei Monate später ein Gruß von meinem Mann kam. Sie hatten ihn nach Deutschland deportiert, in ein Arbeitslager, und er durfte nicht schreiben. Deswegen hatten wir so lange nichts gehört. Aber dann war jemand in sein Lager gekommen, der Freunde in unserm Nachbardorf hatte. Durch den ließ er die Nachricht an uns zukommen, vorsichtig, weil er doch nicht offen schreiben durfte. Aber sie haben es verstanden. Ja, das ist alles.«

»Für euch war das alles, aber für mich …« Renées Gesicht war wieder von Blut übergossen. Sie strich sich das strähnige, blonde Haar aus der Stirne und richtete sich auf. Sie wandte sich zu Martin. »Du bist auch noch jung, Soldat. Du wirst verstehen.«

Als sie aus der Kirche nach Hause gekommen war, hatte sie wahr gemacht, daß es zwischen ihr und dem deutschen Soldaten nichts gäbe. Sie hatte nie wieder zu ihm gesprochen. Sie hatte keinen seiner Blicke mehr erwidert. Sie hatte ihm nicht mehr gestattet, die kleinen täglichen Dienste für sie zu tun. Sie verließ die Stube, wenn er sie betrat.

Er war bestürzt, verwirrt, bat um Aufklärung, fragte, ob er vielleicht, ohne zu wissen, sie verletzt oder etwas Unrechtes getan hätte. Er bekam keine Antwort. Er bestürmte die Mutter um ein Wort der Erklärung, er suchte Raymond auf dem Feld auf – die Antwort war Schweigen.

In seinem Gesicht war zu lesen, wie unglücklich er war. »Wenn er aufgefahren, hochmütig geworden wäre, mir Vorwürfe gemacht und mich beschimpft hätte – dann wäre es vielleicht leicht gewesen«, sagte Renée. »Aber er war nur traurig. Und das tat so weh.«

Irgendwie mußte er sich langsam ein Bild davon gemacht haben, was los war. Vielleicht hatte er bemerkt, daß sie immer noch rot wurde, wenn er sie ansah – wie hatte sie versucht, dies zu vermeiden! – vielleicht hatte er sie einmal gesehen, als sie mit verweinten Augen ihrer Arbeit nachging. Wahrscheinlich war auch etwas von der Sonntagspredigt und der Szene auf dem Kirchenplatz bekannt geworden. Renée glaubte auch, es hätte ihrer Mutter weh getan, daß sie so hart zu ihm sein mußten. Und obwohl sie es in Abrede stellte, hätte sie wohl hie und da, wenn die Familie und die anderen Soldaten es nicht sahen, ihm Freundlichkeit gezeigt. Es gab ja manches, was man für einen Soldaten in der Fremde tun konnte.

Jedenfalls hatten sie bemerkt, daß seine Traurigkeit einer wehmütigen Versonnenheit wich. Eines Abends, als er allein war, kam er in die Stube. »Ich glaube, ich verstehe euch jetzt. Viele Franzosen hassen uns. Aber Ihr haßt mich nicht. Ihr dürft mich nur nicht lieben, weil so viel zwischen uns und euch liegt. Ich habe nie gewußt, was das bedeutet. Aber nun kann ich es begreifen. Es ist trauriger, als wenn Ihr mich hassen würdet. Wir hätten uns nämlich sonst sehr gut verstanden.«

Ein paar Tage später wurde er auf eigenes Ansuchen in ein anderes Quartier verlegt. Heute lag seine Kompagnie in der Stadt, die wir belagerten, und auf die bei Tag und Nacht das Feuer unserer Artillerie gerichtet war.

»Nun haben Sie alles gehört«, sagte die Mutter. »Es ist nicht viel her mit uns. Wir sind einfache Leute. Bei uns gab es keine Heldentaten.«

Martin sagte Gute Nacht und bat, wiederkommen zu dürfen. »Ja, kommen Sie nur wieder. Wir sitzen gerne am Abend so um den Tisch und reden mit Freunden.« Renée stand auf: »Ich zeige dir den Weg nach Hause, Soldat.«

Die Nacht war dunkel, es regnete noch immer. Sie stapften durch die Pfützen, das Wasser plätscherte im Graben. Das eintönige Rauschen des Regens und die Dunkelheit hüllten sie ein. Sie waren ganz allein auf der Welt. Ihr Gesicht war ganz nahe dem seinen, damit er sie im Regen hören könnte. »Glaubst du mir, daß er mich nie angerührt hat?« – »Ja, ich glaube dir.«

Sie gingen schweigend weiter. Durch den Regen gedämpft, wie ferne Paukenschläge, hörte man die Artillerie-Abschüsse der Batterie hinter dem Gutshaus. Sie blieb stehen. »Wenn ich das höre, dann denke ich manchmal, vielleicht wäre es besser gewesen, er hätte mich doch angerührt.« Und nach einer Pause, wieder ganz nahe bei ihm, und zögernd: »Du bist doch ein Soldat, der gegen sie kämpft. Sag', ist es schlecht, wenn ich so denke?«

Es war zu dunkel, um ihr Gesicht zu sehen. Nur der Händedruck, mit dem sie sich verabschiedete, verriet, daß sie Martins Antwort erwartet hatte.

Ein langer Tag

Sie fanden die vier vermissten Soldaten wieder, als ein französischer und ein tschechischer Zug den Bunker an der Küste in einem gemeinsamen Gegenangriff überrannten. Der tschechische Hauptmann und ein französischer Leutnant unterschrieben später als Zeugen das Protokoll des Regimentsarztes. Auf dem Protokoll stand »Geheim« und »Streng Vertraulich«. Aber schon am nächsten Tag sprach man in den Belagerungsstellungen um Dünkirchen mit großer Erbitterung über den Zustand, in dem man die vier Franzosen aufgefunden hatte. Und wer bis dahin noch Vernunft zu predigen versucht hatte, hielt es jetzt für klüger, zu schweigen.

In der nächsten Nacht schossen die Deutschen einen alliierten Bomber ab, der sich auf dem Rückflug aus Deutschland über die belagerte Stadt verirrt hatte. Als das Flugzeug in Flammen aufging, löste sich ein kleiner, weißer Punkt von der brennenden Hülle, wuchs im Mondlicht und schwebte gleitend nieder, vom Wind gegen das Meer getrieben. Das Land vor den Belagerungsstellungen war hier so flach, daß man mit einem Fernglas verfolgen konnte, wie der Fallschirm auf dem Feld neben der Zuckerfabrik am Bahndamm zu Boden kam, ein Schatten über das Feld lief und in dem halb zerstörten Gebäude verschwand, als aus der Stadt Maschinengewehrfeuer auf das Feld gerichtet wurde.

Eine Stunde nach Mitternacht, als der Mond untergegangen war, machte sich eine Streife auf den Weg, um den Flieger zu holen. Die vier Soldaten, zwei Tschechen und zwei Franzosen, hatten keine leichte Aufgabe. Sie mußten vor Morgengrauen zurück sein, weil bei Tageslicht jede Bewegung zwischen den Linien unmöglich war. Jeder Punkt in diesem flachen Land konnte ins Kreuzfeuer genommen werden. Und vielleicht war auch jetzt, von der anderen Seite her, eine deutsche Streife auf dem Weg, mit dem gleichen Ziel.

Als die Streife in die Fabrik eindrang, begann der Flieger aus seiner Pistole zu feuern. Martin rief ihm auf Englisch zu, sie seien gekommen, um ihn in die alliierten Linien zu bringen. Aber der Flieger schoß weiter. Und gleich darauf setzte auch deutsches Feuer aus der Stadt ein. Die vier Soldaten nahmen im Pförtnerhäuschen Deckung. In den Feuerpausen rief Martin dem Flieger Erklärungen zu. Aber die Antwort waren nur immer wieder wilde Pistolenschüsse gegen das Pförtnerhäuschen.

Als ihm die Munition ausging, schrie der Flieger über den Hof: »Nun könnt Ihr kommen, Ihr verdammten Krautbrüder, Ihr verfluchten Lügenbeutel ...«

Er war ein Amerikaner. Fast noch ein Kind. »Guter Gott«, sagte er, »Ihr seid wirklich keine Deutschen. Zum Teufel, wo bin ich denn? Wie soll sich einer da auskennen? Unser Navigator hat geschworen, daß wir über Frankreich sind. Und dann bekamen wir es plötzlich in den Bauch. Jimmy sagte gerade noch: ›Wenn das nicht deutsche Bohnen sind, laß ich mich ...‹ und weg war er, bevor er's ausgesprochen hatte.« Er hielt jäh inne. Er griff sich an den Kopf und fragte dann durch die Hände: »Wir waren fünf. Habt Ihr außer mir noch jemanden gefunden?«

Es war zu spät, um zurückzukehren; der Morgen begann schon zu dämmern. Sie mußten bis zum Abend warten. Zugführer Jan und der Franzose Robert übernahmen die erste Wache. Der amerikanische Flieger, Martin und Marcel gingen in den Keller. Die Fenster waren ausgebrochen, es war kalt. Ein Feuer hätte sie verraten. Aber sie fanden Stroh und sie deckten sich bis zum Hals zu. Marcel schlief gleich ein.

Der Amerikaner bot Martin eine Zigarette an. »Woher bist du?«

»Aus Prag. Ich bin ein Tscheche.«

»Oh, die Tschechen. Die Tschechen sind mutige Flieger.«

»Ja?«

»Oh ja, sehr mutig.« Er rauchte in langen, hastigen Zügen.

»Die Deutschen sind auch sehr mutige Flieger.«

»So.«

»Oh ja, sehr mutig.«

»Und die Amerikaner?«

»Oh, die Amerikaner, die sind auch sehr mutige Flieger. Alle Flieger sind mutig. Wer nicht mutig ist, kann kein Flieger sein.« Er sah Martin mißtrauisch an. »Glaubst du, man kann ein Flieger werden, wenn man nicht mutig ist?«

»Ich weiß nicht. Ich bin kein Flieger.«

»Nein, du bist kein Flieger. Das ist wahr. Aber Infanterie-soldaten müssen auch sehr mutig sein.«

»Ich bin kein Infanterist. Ich gehöre zu einem Panzerre-giment.«

»Oh, die Panzer-Leute. Die müssen auch sehr mutig sein.«

»Ich weiß nicht. Wir haben nicht sehr viel gekämpft. Aber jedesmal, wenn wir kämpfen, habe ich Angst.«

»Du hast Angst?«

»Immer. Vorhin, als wir hierher krochen, hatte ich auch Angst.«

»Da bist du kein guter Soldat. Wieso haben sie dann gerade dich hergeschickt?«

»Ich habe mich freiwillig gemeldet. Die anderen auch.«

»Du hast dich freiwillig gemeldet, um mich von hier her-auszubringen?«

»Ja.«

»Und du hast gewußt, daß du Angst haben wirst?«

»Ja. Hast du nie Angst, wenn ihr über Deutschland fliegt?«

Der Amerikaner antwortete nicht. Er zündete sich eine neue Zigarette an und gab Martin eine. »Mir ist kalt«, sagte er. Martin stand auf und schichtete mehr Stroh um ihn auf.

»Danke schön. Du bist ein guter Kamerad. Wenn wir hier einmal herauskommen, mußt du mit mir trinken gehen.« Nach einer Weile: »Jimmy, Ted, Mac und Toby waren auch gute Kameraden. Schrecklich, schrecklich. Bist du sicher, daß ihr außer mir keinen abspringen gesehen habt?«

»Ganz sicher.«

»Wie kannst du so sicher sein? Es war Nacht.«

»Es war Vollmond. Es war alles ganz deutlich zu sehen. Sonst hätten euch die Deutschen ja auch nicht so leicht getroffen.«

»Aber vielleicht irrst du dich. In der Nacht kann man sich immer irren. Nicht?«

»Vielleicht. Kann sein, daß ich mich irre.«

»Nein, du irrst dich nicht. Ich war der einzige, der herauskam. Ich habe es genau gesehen. Ich bin der einzige, der noch lebt. Und eines Tages werden sie auch mich kriegen.«

Sie schwiegen. Martin war müde. Er schlief ein.

Als Jan sie aufweckte, übernahmen Martin und Marcel die Wache. Der Amerikaner schlief fest, im Stroh zusammengerollt. Eine Haarsträhne lag über seinem Gesicht, und die zusammengeballten Hände hatten sich vor den Mund geschoben.

Sie stiegen hinauf, unters Dach. Jan hatte ein paar Dachziegel ausgehoben und aus Kisten einen Beobachtungssitz zusammengestellt. Vor ihnen lag, still und bewegungslos im Tageslicht, die belagerte Stadt. Ein roter Turm ragte aus dem zerschossenen Dachgewirr. Hinter einem großen Betonbunker, von dem eine Ecke abgesprengt war, sah man ein Stück Meer. Grau, mit einem schwefelgelben Sonnenfleck. Ein Hund lief zwischen den vorliegenden Gehöften und bellte. Das war der einzige Laut. Kein Rauch aus den Schornsteinen. Kein Wind. Kein Lebenszeichen.

Marcel starrte durch die Dachluke geradeaus auf die Stadt. Er sprach kein Wort. Er rührte sich nicht. Sein Gesicht war leblos. Als ob die unheimliche, unwirkliche Stadt lautlos ihre Hände nach ihm ausgestreckt und ihn in ihr Schweigen eingefangen hätte. Martin hielt die Stille nicht aus. »Woher kommst du, Marcel?«

»Von dort drüben.«

»Guter Gott. Du kommst aus der Stadt?«

»Ja, und meine Mutter ist noch drüben. Sie wollte nicht mitkommen, als ich wegging. ›Ich bin eine alte Frau‹, sagte sie.

›Ich kümmere mich nicht um Politik. Warum sollten die Deutschen mich nicht anständig behandeln?‹«

»Vielleicht hat sie recht.«

»Hast du die vier vergessen, die wir gestern begraben haben?«

»Nein, ich habe nicht vergessen.« Und das war das Ende ihrer Unterhaltung während dieser Wache.

Als ihre zwei Stunden um waren und sie in den Keller hinunterstiegen, war der Amerikaner wach. Er sprang auf: »Jetzt bin ich an der Reihe.« Aber Jan und Robert waren schon auf dem Weg hinauf. Als der Flieger ihnen nachlief, hielt Martin ihn zurück. »Lass' sie gehen. Du hast deine Pflicht schon getan. Gestern nacht.«

»Ihr habt ja auch nicht geschlafen.«

»Ja, aber wir sind doch hergekommen, um dich herauszuholen. Und jetzt holen wir dich eben 'raus. Also leg' dich hin und schlaf'.«

»Ihr laßt mich nicht wachen, weil Ihr mir nicht vertraut.«

»Unsinn.«

»Ihr glaubt, ich werde einschlafen …«

»Quatsch!«

»Ihr glaubt, ich wüßte nicht, was zu tun, wenn sie kommen …«

»Sie werden nicht kommen.«

»Das ist keine Antwort.«

»Nein, das ist keine Antwort.«

»Warum antwortest du dann nicht?«

»Ich weiß nicht warum. Komm, schlafen wir.«

»Ich brauch' keinen Schlaf. Ich habe auch schon zwei Tage nicht geschlafen, wenn es notwendig war.«

»Aber jetzt ist es nicht notwendig.«

»Ich habe siebzehn Flüge über Deutschland mitgemacht.«

»Ich glaub's schon.«

»Nein. Du glaubst es nicht. Sonst würdest du mich wachen lassen.«

»Um Himmels willen, halt den Mund. Ich will schlafen.«

»Mach' dich nicht so wichtig.«

»Ich mach' mich nicht wichtig.«

»Das kannst du auch bei mir nicht. Ich bin ein Flieger. Wir müssen die größten Gefahren bestehen ...«

»Warum bist du Flieger geworden?«

»Nun, so ...«

»Weil es so gefährlich ist?«

»Daran habe ich vorher nicht gedacht.«

»Weil du gern fliegst?«

»Vorher bin ich nie geflogen.«

»Weil es den Mädchen imponiert?«

»Dazu mußte ich nicht Flieger werden. Ich hatte schon zwei Mädchen gehabt, bevor ich Flieger wurde.«

»Mädchen gehabt?«

»Na ja. Du weißt doch. Und jetzt kann ich soviel Mädchen haben, wie ich will.«

»Wie alt bist du?«

»Neunzehn Jahre.«

Marcel unterbrach sie. »Was will der Amerikaner? Kann er nicht den Mund halten?«

»Ich weiß nicht.«

»Hat er Angst, daß er so viel redet?«

»Nicht mehr als ich und du.«

»Woher weißt du, ob ich Angst habe?«

»Hast du?«

»Merde.«

Zu Mittag teilten sie das mitgebrachte Brot und Büchsenfleisch mit dem Amerikaner. Sie saßen alle auf dem Dachboden und tranken Kaffee aus ihren Feldflaschen. Robert hatte Genièvre in seiner Flasche, scharfen Kornbranntwein.

»Jungs«, sagte der Flieger, »wenn wir hier aus dem Dreck herauskommen, müßt Ihr einmal mit mir trinken gehen.« Martin übersetzte seine Worte.

»In fünf Stunden wird es dunkel«, meinte Jan, »und wenn wir bis dahin kein deutsches Feuer hierher bekommen haben, dann gibt es heute abend heißes Essen und ein Bett bis morgen früh.«

»Und einen guten Schluck zur Feier.«

»Hier im Norden gibt es nicht viel zum Trinken«, sagte Robert.

»Dann müssen wir alle uns nach Kriegsende einmal wiedersehen. Dann feiern wir eine ganze Woche lang. Wir müssen unsere Adressen austauschen, und ich komm' über den Ozean hergegondelt und seh' mir Paris einmal von unten an.«

Sie tauschten ihre Adressen aus, und Robert reichte nochmals seine Flasche herum.

»Hallo Ben«, sagte Martin zum Flieger.

»Hallo Martin.«

»Ich glaube nicht, daß wir uns wiedersehen werden«, meinte Marcel, der an der Luke Ausschau hielt. »Vor dem Krieg bin ich in meinem ganzen Leben nicht weiter gekommen als bis nach Lille. Und ich war noch niemals in Paris.«

»Unsinn, nach diesem Krieg wird es Geld in Scheffeln geben.«

»Kommt ihr zwei auch zum Wiedersehen?« fragte Ben. »Ist es weit, aus der Tschechei nach Paris?«

»Nicht so weit wie aus Paris nach der Tschechei.«

»Was heißt das?«

»Nun, wir sind schon fünf Jahre auf dem Weg nach Hause und sind noch immer nicht angekommen.« Die anderen lachten.

Sie tranken Roberts Flasche leer. »Auf Paris!« sagte Ben. »Auf Prag!« sagte Robert. »Auf Washington!« sagte Martin.

»Zum Teufel mit Washington. Auf San Antonio, Texas, müßt ihr trinken.«

Eine Stunde später gab Jan von der Dachluke her das verabredete Alarmzeichen. Alle stürzten auf den Dachboden hinauf. »Dort«, Jan wies auf den Feldrand vor der Fabrik. Halb verdeckt von den Schollen lag am Fuße des Bahndammes eine grau-braune Form, die sich fast unmerklich vorwärts bewegte.

Es war ein deutscher Soldat. Er lag flach auf dem Bauch und schob sich mit Ellenbogen und Knien nach vorn. Er hatte keinen Helm. Soweit man sehen konnte, hatte er auch keine Waffen. Langsam, sehr langsam und sehr vorsichtig bewegte er sich entlang des Bahndamms vorwärts. Wenn eine Scholle oder ein Busch ihm Deckung bot, hob er den Kopf und blickte zurück. Niemand folgte ihm. »Ein Überläufer«, sagte Robert.

Jan gab Befehl, nicht zu schießen. Jede Bewegung hier würde ihre Stellung verraten und deutsches Feuer auf sie ziehen. Wenn er ein Überläufer war, würde er wahrscheinlich versuchen, vom Bahndamm in die Zuckerfabrik zu kriechen, um hier, im einzigen Gebäude zwischen den beiden Linien, die Dämmerung abzuwarten. Jan und die beiden Franzosen würden ihn im Pförtnerhäuschen abfangen, Martin und der Amerikaner sollten auf dem Dachboden Ausschau halten. Sie sollten nur schießen, wenn dem Soldaten eine Streife folgte.

»Was werdet ihr mit ihm anfangen?« fragte Martin.

»Was glaubst du?« Roberts Stimme war ganz hart.

»Gott, ist das aufregend«, sagte Ben.

Sie brachten ihn auf den Dachboden hinauf, damit Martin übersetzen konnte. Alle standen um den Gefangenen herum, und für einen Augenblick wurde kein Wort gewechselt. Man sah sich nur gegenseitig an. Und unsichtbar schlich in diesem Augenblick ein Heer von Gespenstern über den Dachboden, alle Schatten des Krieges.

Der Deutsche hielt die Mütze in der Hand; zuerst stand er stramm, aber dann wurde er lässig. Er war stämmig und untersetzt. Sein langer Mantel, das unrasierte Gesicht, die kräftigen Hände waren voll Dreck. Seine Augen waren müde und unruhig. Sie flitzten von einem zum anderen, als ob sie aus den Gesichtern der fünf Soldaten etwas Wichtiges, Beruhigendes herauszulesen versuchten. Manchmal, wie in Erinnerung an eine alte Gewohnheit, blinkte in den Augen ein Funken Verschmitztheit auf, schüchtern, fragend, und verlosch sofort wieder erschrocken vor den stummen Blicken, die ihn musterten.

»Das ist mein erster Deutscher.« Ben schüttelte den Kopf. »Ich dachte immer, ich würde dem ersten die Eingeweide aus dem Magen treten wollen. Aber das da ist doch nur ein armseliger Vogel. Das hätte ich niemals geglaubt.« Er reichte dem Deutschen eine Zigarette.

»'ta gueule!« Marcel schlug ihm die Zigarette aus der Hand. »Pas de plaisanteries avec ce boche.« Seine Stimme überschlug sich. Der Deutsche blickte eingeschüchtert von Marcel zu Ben. Martin erklärte dem Amerikaner, daß Marcel aus der Stadt kam und vier Jahre unter den Deutschen gelebt hatte. »Das war kein Spaß.«

»Nun, eine Zigarette ist ja kein Kuß. Er kann ihm ja nachher noch immer in den Hintern treten, wenn es ihm Spaß macht. Ihr seid merkwürdige Leute …«

Er hob langsam und kopfschüttelnd die Zigarette auf, steckte sie zwischen die Lippen, knipste das Feuerzeug an, starrte einen Augenblick geistesabwesend auf die Flamme, blies sie aus und sagte, während er die Zigarette wieder in die Tasche steckte, nochmals: »Merkwürdige Leute seid Ihr.«

»Frag' ihn, warum er hierher gekommen ist«, ordnete Jan an.

Der Deutsche erzählte schnell und bereitwillig. In den Pausen, wenn Martin übersetzte, verfolgte er den Eindruck seiner Erzählung auf den Gesichtern.

Er hätte seit langem eine Gelegenheit gesucht, in Kriegsgefangenschaft zu kommen, sagte er. Heute morgen, als im Morgengrauen wie üblich die vorgeschobenen Posten zurückgezogen wurden, wäre es ihm und seinem Freund endlich gelungen, sich in einer Sandkuhle zu verstecken. Sein Freund wollte sich bis zur Dämmerung versteckt halten. Denn er fürchtete, wenn er am hellen Tage durchs Gelände kroch, selbst bei größter Vorsicht von hinten entdeckt und angeschossen zu werden. Aber er selbst, fuhr der Soldat fort, hätte nicht gewagt, bis zum

Abend zu warten. Spätestens bei Austeilung des Mittagessens würde man ihre Flucht entdeckt haben und eine Streife nach ihnen aussenden. Und in diesem Augenblick wollte er schon so weit sein, daß sie ihm bei Tageslicht nicht mehr zu folgen wagten. Auch wollte er noch vor Anbruch der Dunkelheit auf der anderen Seite sein, damit man sehen könnte, daß er waffenlos sei. Er hätte fünf Stunden gebraucht, um hierher zu kriechen.

Warum er übergelaufen sei? Das sei doch ganz klar – seine Augen suchten die Zustimmung der anderen, – er hätte einfach genug vom Krieg gehabt. Er lachte anbiedernd und sah die Fünf zuversichtlich an, als ob er erwartete, durch diese Erklärung in ihre Reihen aufgenommen zu werden. Jawohl, die ganze Garnison in Dünkirchen hätte schon längst genug vom Kriege, fügte er schnell hinzu, als die erwartete Wirkung ausblieb; sie hätten sich schon längst ergeben, wenn nicht …

»Erzähl' keine Geschichten«, fuhr ihn Marcel an. »Wir glauben dir sowieso nicht.« Der Deutsche machte eine beteuernde Gebärde. Dann fuhr er fort, Martins Fragen zu beantworten.

Sie hätten nicht gesehen, daß sich ein Flieger in die Zuckerfabrik gerettet hatte, und hätten keine Streife nach ihm ausgeschickt. Natürlich hätte er niemanden in der Fabrik erwartet. Aber nun sei er froh. Die größte Gefahr beim Überlaufen sei der Augenblick, wenn man mit der anderen Seite in Berührung käme. Aber nun hätten sie ihn gefangen und er sei, Gott sei Dank, gerettet.

»Gerettet?« Jan war überrascht. »Was meint er damit?« Robert und Marcel sagten abfällig »Gerettet!«

»Ja, werden Sie mich denn nicht 'rüberbringen? Ich bin doch jetzt Ihr Gefangener.«

»'rüberbringen? Oh ja.« Marcels Ton ließ den Deutschen zusammenfahren. Und nun trat Marcel vor ihn hin und fragte in seinem schwerfälligen Deutsch.

»Die Zivilisten in der Stadt, wie leben sie?«

»Ich weiß nicht. Sie leben auf der anderen Seite. Da komme ich nie hin. Und sie dürfen auch nicht zu uns.«

»Was essen sie?«

»Oh, die haben genug zu essen.«

»Was essen sie, habe ich gefragt.«

»Was es halt gibt. Ein wenig Kartoffeln, Rüben und Kraut. Es ist eben eine belagerte Stadt. Manchmal wird ein Stück Vieh geschlachtet. Oder ein paar Pferde. Wir Soldaten kriegen ja auch nur jede Woche einmal Fleisch.«

»Wo seid Ihr, wenn unsere Artillerie schießt?«

»In den Bunkern. Die sind artilleriesicher.«

»Und die Zivilisten?«

»Ich weiß nicht.«

»Steht die Straße am Nordhafen noch?«

»Ich weiß nicht.«

»Ich weiß nicht, ich weiß nicht«, äffte Marcel nach. »Du weißt schon gut. Du willst nicht wissen. Du willst, daß wir dich mitnehmen. Hör', du!« Er packte den Deutschen am Mantel und zerrte ihn näher. »Ich bin selbst aus der Stadt, verstehst du. Mir kannst du nichts vormachen, verstehst du. Ich habe meine Mutter in der Stadt und mein Haus am Nordhafen. Ich will wissen, wie es meiner Mutter geht und ob das Haus noch steht. Verstehst du?«

»Ich habe alles gesagt, was ich weiß.«

»Du lügst«, Marcel ließ ihn los. »Alle Soldaten gehen zum Nordhafen. Das große Depot ist im Nordhafen. Alle Soldaten gehen zum Depot. Du willst nicht reden. Gut. Du willst schweigen. Gut. Du wirst schweigen.«

Der Deutsche erschrak. »Was werden Sie mit mir tun?« Die Funken in seinen Augen waren erloschen. »Was werden Sie mit mir tun?« Er wandte sich von einem zum anderen. »Was werden Sie mit mir tun?« Und plötzlich, als hätte er das Zauberwort gefunden, das alles Mißtrauen beseitigen würde, schlug er sich an die Brust. »Kamerad! Jawohl, ich Kamerad. Ich, ihr, wir. Wir alle Kameraden.«

»Nix Kamerad«, Robert sprang von der Luke weg zum Gefangenen. »Du Boche und ich Franzos. Du Nazi und wir kein Nazi. Du gestern abend auf uns schießen und du heute Kamerad? Nix, nix. Kein Kamerad. Guter Deutscher ist toter Deutscher. Wenn du tot, dann du gut.«

»Was will er mit ihm tun?« fragte Ben.

»Ja, was sollen wir mit ihm tun?« erwiderte Jan.

Marcel machte eine Gebärde nach dem Keller hin. »Dort unten. Da kann man es nicht weit hören.«

»Ihr seid verrückt«, erwiderte Ben. »Wir können ihn doch nicht einfach umlegen. Er ist doch unser Gefangener.«

»C'est lui, qui est fou«, Robert spuckte aus, »der Amerikaner ist verrückt. Erzähl' ihm mal über unsere Vier.«

Martin erklärte Ben, sie hätten, als sie vor ein paar Tagen von den Deutschen aus einem vorgeschobenen Küstenbunker verdrängt wurden, vier leichtverletzte junge französische Soldaten zurücklassen müssen. Als der Bunker am nächsten Tag zurückerobert wurde, fand man ihre verstümmelten Leichen. Die genauen Einzelheiten seien geheim gehalten worden, aber was durchsickerte, war wahrscheinlich ärger als die Wahrheit. Es gingen greuliche Gerüchte darüber um, auf welche Weise sie den Tod gefunden hätten.

»Ich verstehe«, sagte Ben. »Natürlich, jetzt verstehe ich.« Dann sah er die beiden Franzosen an und schließlich den deutschen Soldaten. »Damn it, wer soll das verstehen?«

»Frag' den Deutschen, was er davon weiß«, sagte Jan zu Martin.

Das sei unmöglich, antwortete der Deutsche. Davon hätte er nie etwas gehört, ganz sicher nicht. Das sei ein Greuelmärchen, wie man sie auf beiden Seiten erzählte. Ihnen hätte man auch gesagt, daß die Alliierten alle Kriegsgefangenen erschießen. Aber er hätte das niemals geglaubt, sagte er bedeutungsvoll.

»Nein, wir erschießen unsere Kriegsgefangenen nicht«, sagte Martin. »Aber diese Geschichte über die vier Franzosen ist wahr. Ich habe selbst geholfen, das Grab für sie zu schaufeln. Und ich habe das Gesicht des Arztes gesehen, als er aus dem

Bunker herauskam. Kannst du dir vorstellen, wie die Unsrigen jetzt über euch denken?«

»Das können keine Soldaten gewesen sein. Wir machen so was nicht.«

»Wer soll es sonst gewesen sein?«

»Ich weiß nicht. Deutsche Soldaten machen so was nicht.«

»Das sagt ihr immer. ›Ich weiß nicht.‹ Hast du noch nie gehört, was Deutsche in diesem Krieg schon gemacht haben?«

»Das können Sie ja nicht verstehen. Sie wissen ja nicht, wie es bei uns drüben aussieht.«

»Also du hast gehört, was Deutsche in diesem Krieg gemacht haben?«

»Es gibt eben alle Arten von Deutschen. Ich weiß schon manches. Aber bei uns muß man doch Angst haben, etwas zu wissen. An der Ostfront kam ich einmal im Winter als Meldegänger durch ein Dorf, weit hinter der Front. Es war kalt und windig, und ich sagte zu einem Feldpolizisten, der an einer Straßenkreuzung den Verkehr regelte: ›Na, dir geht's auch nicht besonders gut, – da in der Kälte zu stehen.‹ Und er antwortete mir – ich werde es nie vergessen – ›Junge, Junge, was weißt du, wie froh ich bin, daß ich hier stehen darf. Für die anderen gibt es nämlich heute Judenerschießung …‹ Da hab' ich mich schnell davon gemacht. Was ich nicht weiß, macht mich nicht heiß.«

Marcel wurde ungeduldig. »Alors, qu'est ce qu'on fera? Was werden wir mit ihm anfangen?«

»Was wollt ihr mit ihm anfangen?« Zugführer Jan war unentschlossen.

»Was sollen wir mit dir anfangen?« sagte Martin zum Deutschen.

»Das ist doch ganz klar. Ich habe mich ergeben. Ich bin ein Kriegsgefangener …«

»Ist es wirklich so klar?«

»Nun, was wollt ihr mit ihm anfangen?« sagte Jan nochmal.

Marcels Tonfall verriet dem Deutschen, daß es jetzt wirklich um sein Leben ging. Sein Blick hing am Mund der Sprecher.

»Nehmen wir ihn mit«, sagte Ben.

»Nein«, sagte Robert.

»Ja«, sagte Martin.

»Das macht zwei gegen zwei. Und ich …?« Jan machte eine kleine Pause. »Ich glaube nicht, daß unser Kommandant uns böse sein wird, wenn wir ihn nicht mitnehmen. Sag' ihm das, Martin.«

»Sie wollen dich nicht mitnehmen.«

»Was, was heißt das? Sie können doch nicht …«

»Oh doch …«

»Aber das ist gegen jedes Recht.«

»Ja. Das ist gegen jedes Recht. Aber ich weiß nicht, ob du dich aufs Recht berufen darfst. Ihr habt …«

»Aber ich kann doch nichts dafür, daß jemand diese vier Soldaten ermordet hat.«

»Was redet er da?« fragte Jan.

»Er sagt, er kann nichts dafür, daß jemand unsere vier Soldaten ermordet hat.«

»Das sagen sie immer. ›Ich kann nichts dafür.‹ Niemand kann etwas dafür. Ich kann auch nichts dafür, daß es jetzt mit ihm zu Ende ist. Das ist eben der Krieg. Er soll sich fertig machen.«

»Jan, du kannst dafür. Du kommandierst hier.«

»Hör' bloß mit deinem Gerede auf. Wir haben schon hundertmal darüber gestritten. Du hast es nie glauben wollen. Nun siehst du's selbst. Sag' ihm, er soll sich fertig machen.«

»Überleg's dir noch einmal, Jan. Du hast schon einmal so geredet. Und dann hast du doch anders gehandelt.«

»Das war am Anfang des Krieges. Seither hat sich viel ereignet, und die Deutschen sind nicht besser geworden.«

»Er soll sich fertig machen. Marcel, Robert und ich werden ihn in den Keller hinunternehmen.«

Der Deutsche wollte es nicht glauben. »Das ist unmöglich, das ist unmöglich«, beteuerte er. »Ich kann doch nichts dafür, daß es Krieg gibt. Ich hab' den Krieg ja nicht gewollt. Ich habe die Vier ja nicht umgebracht. Man geht mit uns ja nicht besser um. Das ist alles ein Irrtum. Ich bin kein Nazi. Ich bin nie ein Nazi gewesen. Ich bin ein ganz gewöhnlicher Arbeiter. Wir haben ja alle nichts vom Krieg.« Er flehte nicht, er bettelte nicht. Er sprach, als ob er völlig davon überzeugt sei, daß es sich um ein Mißverständnis handelte, daß er nur das richtige Wort finden müßte, um sie zu überzeugen, daß er immer schon in ihren Reihen gestanden hatte. Und in seinen Beteuerungen klang sogar ein merklicher Vorwurf mit, daß man ihm seinen legitimen Platz strittig machte.

»Well, jetzt kann er seine Zigarette haben.« Ben reichte ihm auch Feuer. Marcel hatte diesmal nichts einzuwenden. Fast schien es, als wäre er für den kurzen Aufschub dankbar.

»Leer' deine Taschen aus«, befahl Jan.

Erst jetzt begriff der Deutsche, daß es zu Ende ging. Er hockte auf den Boden nieder und leerte seine Taschen. Sorgfältig breitete er seine Habseligkeiten aus. Ein Taschentuch, Papiere, die Fotografie einer Frau, ein Taschenmesser, ein Schlüsselbund. Er ordnete die Dinge langsam auf dem Boden, schob sie hin und her, faltete das Taschentuch, legte die Ecken genau übereinander und strich es glatt. Aus der anderen Manteltasche zog er ein Handtuch heraus, ein kleines graues Stück sandiger Seife, einen Rasierapparat mit einem dünnen Pinsel und einen Stumpen Rasierseife.

Die anderen sahen seiner Tätigkeit mit gespannter Aufmerksamkeit zu. Schon vor einer geraumen Weile hatte sie das erregende Gefühl ergriffen, daß sie jetzt in kalter Erwägung über das Leben eines Menschen zu Gericht saßen. Alle hatten schon oft im Kampf gestanden. Sie hatten geschossen, Handgranaten geworfen und ihr Seitengewehr gebraucht. Aber das war immer in der Hitze des Kampfes gewesen. Der Feind, dem sie Wunden beifügten oder das Leben nahmen, war ein anonymer, abstrakter Feind. Kein Mensch, den sie kannten, sondern ein Bild aus Erinnerungen und Propaganda, aus Haß und Widerwillen. Aber nun hockte ein wirklicher deutscher Soldat vor ihnen. Ein Mensch, der sprach, atmete, lebte, dessen müdes

Gesicht sie sahen und dessen zuerst sichere und nun bestürzte Stimme sie hörten. Es war leicht, im Kampf zu töten, weil man dazu keiner Entscheidung bedurfte; und weil man nicht gegen einen bestimmten Menschen kämpfte, sondern gegen einen gestaltlosen Begriff, der »Feind« hieß. Aber nun hatten sie, in aller Ruhe und Besinnlichkeit, über diesen einen Menschen zu entscheiden. Ein Zufall hatte sie zu Richtern erhoben. Und eine unendliche Kette anderer Zufälle gestattete ihnen nicht, ihr Urteil besinnungslos zu fällen.

Jetzt, wo sich der armselige Besitz dieses Soldaten vor ihnen ausbreitete, verlor seine Existenz den letzten Anschein von Unwirklichkeit. Es war nicht mehr ein deutscher Soldat, den sie zum Tod verurteilt hatten, sondern – wie es auf seinen Papieren stand – Alois Hinkel, Schreinermeister aus Bottrop, der sich mit dieser sandigen Seife wusch und in dieses blaue Taschentuch schneuzte.

Hinkel leerte noch immer seine Taschen aus. Ein Bleistift, eine Rolle Garn und Knöpfe – er hatte sich auf die Kriegsgefangenschaft vorbereitet – ein paar Socken, ein Stück Strippe, ein Kerzenstumpf. Eine Verbandrolle, ein Blechlöffel, zwei Würfel Erbsen-Trockensuppe. Und zuletzt ein Stück Brot.

Der Amerikaner nahm das Brot in die Hand. »Guter Gott. Da ist also alles wahr, was die Zeitungen schreiben. Ich habe es nie geglaubt.« Das Brot war grauschwarz, es roch säuerlich und sah trocken aus. Einer nach dem anderen nahm es in die Hand, biß ein Stück ab, kaute einen Augenblick und spie dann aus.

»Haben Sie besseres Brot?« fragte Hinkel. Martin reichte ihm ein Stück Brot. Und Robert hatte auch noch ein Stück Büchsenfleisch. »Iß. Es ist ja eh' zum letztenmal.« Hinkel biß ein Stück vom Brot ab. Kaute lange, würgte den Bissen hinunter und reichte Brot und Fleisch zurück. »Danke. So ein Brot haben wir schon Jahre nicht gegessen. Aber ich kann jetzt nicht essen.« Da wußten die Soldaten, daß Hinkel jetzt an seinen Tod glaubte. Eigentlich hätten Jan, Marcel und Robert ihn nun in den Keller hinunternehmen müssen. Aber auf einmal waren sie unentschlossen. Marcel hielt das schwarze Brot in der Hand. »Die Zivilisten bekommen das gleiche Brot?«

»Ja.«

»Zum Teufel!« sagte Jan.

»Wir sollten ihm eine Chance geben«, meinte Ben.

»Ihr seid Waschlappen.« Robert redete lauter als notwendig war. Er mußte nicht nur sie überzeugen. »Ihr könnt kein Blut sehen. Ihr wißt nicht, wie sie uns behandeln.«

»Wir sollten ihm eine Chance geben.«

»Wie oft haben sie uns eine Chance gegeben?«

»Und wenn er einen Grund angeben könnte, warum wir ihn schonen sollen«, fragte Martin, »einen triftigen Grund, warum er verdient, am Leben gelassen zu werden, seid Ihr dann bereit, ihn mitzunehmen?«

»Mich kann kein Deutscher überzeugen. Aber meinetwegen. Wir haben ja noch Zeit genug.«

Martin erklärte Hinkel, worum es ging. Ben gab ihm noch eine Zigarette, und Hinkel rauchte hastig. Sein Blick streifte prüfend die Gesichter der fünf Soldaten, als ob er in ihnen lesen wollte, was er sagen müßte. Er begann stockend, und für eine kurze Zeit sprach er ganz einfach. Er hätte in diesem Krieg nichts Unrechtes getan, er hätte Befehlen gehorcht und das Glück gehabt, daß man ihm nie Ungebührliches befahl. Natürlich sei er gegen den Krieg gewesen. Nicht von allem Anfang an. Es wäre eine Lüge, so etwas zu sagen. Der Einmarsch in Polen wäre so überraschend gekommen, daß sie sich gerade Gedanken zu machen begannen, als der Feldzug zu Ende war. Und gegen Frankreich – ja, da wäre das Siegen so leicht und der Sieg so schön gewesen. Und man hatte auch geglaubt, der Krieg sei damit zu Ende. Aber an der Ostfront hätte er, so wie die meisten anderen, gelernt, daß kein Krieg eine gute Sache sein kann. Nur wäre der Krieg an der Ostfront so grausam gewesen, daß man sein Letztes hergeben mußte, wenn man weiterleben wollte. So hätte er nur darauf gewartet, an die Westfront zu kommen, um sich von den Alliierten gefangennehmen zu lassen.

»Das ist nicht gut genug«, sagte Robert. »Solange ihr siegreich wart, bist du für den Krieg gewesen.«

»Ich wollte doch nur leben und Ruhe haben. Wir Arbeiter haben ja nichts vom Krieg.«

»Warum habt ihr ihn dann mitgemacht?«

Vielleicht gab es keine Antwort, mit der Hinkel die Soldaten hätte befriedigen können. Aber je mehr er sprach, umso mehr verfiel er in seinen ursprünglichen Ton von verletzter Selbstgerechtigkeit und vorwurfsvoller Anbiederung. Die zarte, noch an der Schwelle des Bewußtseins zögernde Stimmung von Versöhnung, die das Stückchen schwarze, trockene Brot hervorgezaubert hatte, verflüchtete sich unter seinen Worten. Was er sagte, um sein Leben zu retten, schuf nur Haß, der sein Schicksal besiegelte. Er begriff nicht, daß sie nicht ihn richteten, sondern seine Welt.

Und als Jan dann jäh entschied »Genug – nun ist's zu Ende!« und sich mit den beiden Franzosen anschickte, ihn in den Keller zu führen, da drückte Hinkels Gesicht mehr Bestürzung aus als Angst.

Die Gespräche hatten alle Aufmerksamkeit so beansprucht, daß für eine Zeitlang niemand Ausschau gehalten hatte. Was Martin jetzt durch die Dachluke sah, ließ ihn die anderen schnell zurückrufen.

Deutlich gegen den schmutzig-grauen, schmelzenden Schnee abgezeichnet, sahen sie einen Soldaten von den deutschen Linien weglaufen. Kaum hundert Meter hinter ihm liefen drei weitere Soldaten. Während der erste – obwohl er sich in voller Sicht der alliierten Maschinengewehre bewegte – geraden Kurs auf die Zuckerfabrik nahm, versuchten die drei anderen Soldaten, hinter Schuppen, Heuschobern und Bäumen Deckung zu finden.

»Das muß der andere Überläufer sein«, sagte Martin. Jetzt begannen die Maschinengewehre der tschechischen Kompagnie zu feuern. Man sah am aufspritzenden Schnee, wie sich die Einschüsse dem fliehenden Soldaten näherten, der nun im Zickzack weiter lief. Nun begannen auch seine Verfolger zu feuern. Und jetzt brach der Soldat vorne zusammen, die drei näherten sich ihm im Sprungschritt. Einer von ihnen fiel nach hinten, der zweite griff ihm unter die Arme und half ihm hinter die nächste Deckung, und der dritte zerrte den Körper des Überläufers an den Beinen hinter sich her in die gleiche Deckung.

»So hat er auch kein Glück gehabt«, sagte Hinkel.

»Was wird mit ihm geschehen?« fragte Ben.

»Wenn er noch lebt und die Streife hat Mitleid mit ihm und gibt ihm eine Gnadenkugel – dann hat er Glück. Dann ist alles gleich aus. Aber wahrscheinlich werden sie Angst haben, ihn selbst zu erschießen.«

»Und wenn sie es nicht tun?«

Hinkel wandte sich von der Luke ab. Er atmete schwer. Sein Gesicht, das vorhin, als sie ihn abführten, nur Bestürzung gezeigt hatte, spiegelte nun Schrecken und Angst wider.

»Dann sei ihm Gott gnädig«, sagte er. Er lehnte sich gegen einen Dachsparren und verdeckte sein Gesicht mit den Händen. »Sei Gott ihm gnädig. Sie werden ihn notdürftig verbinden, damit er wenigstens noch eine Stunde leben kann. Sie brauchen nämlich eine Stunde, um alle Soldaten in der Garnison, die nur irgendwie abkommen können, vor dem Rathaus zu versammeln. Dann werden sie ihn vors Rathaus bringen, – so wie sie es das letztemal gemacht haben. Sie werden ihn im Torbogen des Rathausturmes aufhängen. Beim letztenmal mußte ich auch zuschauen. Sie ziehen ihn ganz langsam hoch, damit er nicht zu schnell stirbt. Sein Gesicht ist nicht verhüllt ... und die Offiziere müssen aufpassen, daß wir auch wirklich hinsehen, wie er zuckt und sich quält. Es ist fürchterlich. Dann lassen sie ihn bis zum nächsten Tag hängen. Und alle Soldaten, die während der Hinrichtung Dienst hatten, müssen antreten und vors Rathaus marschieren. Ein Offizier liest noch mal den Tagesbefehl ... zur Abschreckung ... wegen Verrat am Führer. Und dann muß er darauf achten, daß alle den Gehenkten ansehen, die Zunge, die aus dem Mund quillt ...«

Spät am Abend, als Jan dem Kompagnie-Kommandanten den Bericht über die geglückte Rettung des amerikanischen Fliegers abgestattet hatte und alle Fünf in der verdunkelten Küche auf den Wagen warteten, der sie ins Etappenquartier bringen sollte, sagte Ben:

»Das war ein langer Tag. Seit gestern abend bin ich um Jahre älter geworden. Gestern abend lebte Jimmy noch, und Ted und die anderen. Ich hatte noch keinen Deutschen gesehen. Und der Krieg im Flugzeug ist so anders, ganz anders. Erinnerst du dich noch, Martin, heute morgen sagtest du, du hast Angst gehabt, als du dich zur Streife meldetest.«

»Ja, ich erinnere mich.«

»Well, ich sagte, daß du kein mutiger Soldat bist. Es tut mir leid, daß ich das gesagt habe.«

»Schon gut. Aber was hat dich umgestimmt?«

»Unser Deutscher. Der muß doch eine fürchterliche Angst gehabt haben vor dem Weglaufen. Das konnte jeder hören, als er vom Hängen erzählte. Und er ist dennoch weggelaufen. Also war er mutig, obwohl er Angst hatte. Gott, wie fürchterlich ist doch dieser Krieg.«

»Ja. Aber weißt du, was noch fürchterlicher ist? Nichts, was der Deutsche an Gutem für sich vorbrachte, hat uns bewogen, ihn leben zu lassen. Erst die Grausamkeit seiner eigenen Leute hat für ihn gesprochen. Verstehst du das?«

»Ja. Seit heute verstehe ich das.«

Ein Abend in Paris

D AS WIRD WIEDER NICHTS«, DACHTE MARTIN, ALS ER die Tür hinter sich schloß und die enge Holztreppe hinunterstieg.

Das Café gegenüber hieß noch immer *Au Perroquet d'Or*, und durch die großen Glasscheiben konnte man, wie vor dem Krieg, Madame Fournier hinter der Theke sehen, etwas hagerer, etwas älter und etwas mehr geschminkt. Rechts der Bijouterie-Laden, links der Gemüse- und Blumenhändler – es war alles so wie früher, nur etwas leerer, etwas ärmer, etwas farbloser. Aber es gab noch immer den beklemmenden Zauber dieser Straße. Er rief noch immer die Erinnerungen an den heißen, sorglosen, beschwingten Sommer vor dem Kriege wach, an den atmenden Stein der Häuser, an die schwatzenden Bewohner, die abends vor der Haustüre saßen; an Fifi, die im Bistro an der Ecke zur Ziehharmonika sang; an den Geruch von frischen, weißen Broten und knusprigen Hörnchen aus dem Keller unter dem Papierladen; an die alte Mademoiselle Durant, die in diesem Laden häßliche Tiere aus Stoffresten verkaufte, phantastische Nachtschöpfungen ihrer Phantasie; an den buckligen Kohlenhändler Mereine, der in Anbetung seiner langbeinigen Tochter Yvette lebte, über deren wirkliche Vaterschaft es in der Straße drei verschiedene, gleichermaßen boshafte Versionen gab; – und an Thérèse, in der kleinen Wohnung, hoch oben über dem Dunst der Straße, über den Dächern und den vielen Schornsteinen, die wie ein Meer von verwachsenen, steinernen Zwergen aussahen, mit langen, zerzausten Rauchbärten.

Es mußte nur wieder Frieden geben, mehr Mehl und mehr Wein, die Männer mußten nur aus der Kriegsgefangenschaft zurückkommen, Monsieur Mereines Keller sich wieder mit Kohle füllen – und die Straße würde wieder jung, lebendig, begehrlich und verführerisch sein.

Aber Thèrese würde nichts mehr wieder zum Leben bringen. Thèrese, die Gefährtin jener Sommertage, und ihr Mann, René, der Musiker, waren von der Polizei der Deutschen ermordet worden. Sie lebten noch in der gleichen kleinen Wohnung, in der Martin vor dem Krieg, in hellen, verzehrenden Nächten, so viele glückliche Geheimnisse des Lebens gefunden hatte. Und Thèrese und René erinnerten sich auch noch an den Rausch dieser Tage, an die gute Freundschaft, den heißen Glauben, die ernsten Gespräche. An den zarten Klang der Worte, die Martin in seinem überschäumenden Glück geschrieben und die René in die strenge, melodische Metrik seines Klaviers übertragen hatte. Thèrese pflegte sie so schlicht und rein zu singen, daß Martins heiße Lebenssprüche wie demütiger Dank an Gott und Himmel klangen.

Sie erinnerten sich noch, obwohl sie tot waren. Getötet, in ihrem tiefsten, inneren Wesen, von jenen, die sie gefangen, geschlagen und entwürdigt hatten. Die ihre Freunde getötet hatten und deren Kinder. Und die sie gelehrt hatten, zu hassen. So, wie sie es selbst taten. Niedrig und gemein und ohne eine Ausnahme zu machen. Thèrese und René sagten jetzt »Die Deutschen«, so wie es Martin hunderte Male von Deutschen gehört hatte: »Die Franzosen«, oder »Die Tschechen«, oder »Die Juden«.

Ein Lastwagen hatte Martin und seine Kameraden am Vortag von der Front für zwei Tage Urlaub nach Paris gebracht. An der Front hatten sie viele Monate lang von diesem Urlaub geträumt. Und gestern morgen waren sie in die Stadt gelaufen, wie Kinder, die im Märchenland erwacht sind.

Paris war erst seit fünf Monaten befreit. Es war arm und hungrig. Aber es war noch immer die bezaubernde Braut aller, die um seine Liebe warben. Den Soldaten stand die Stadt offen. Sie waren die Befreier, sie waren gesunde, gut genährte Männer; und sie hatten Zigaretten, Kaffee und Seife. Das waren viele gute Vorzüge.

Martin lebte, seitdem er vom Lastwagen auf das Pariser Pflaster gesprungen war, wieder in einem Rausch. In seinem alten Rausch. Er lief durch die Straßen, er wanderte die alten Wege. Er sah seine alten Freunde wieder und die gleichen Häuser, Gärten und Bäume wie einstmal. Er versuchte, das Gefühl, die Farbe, die Töne und den Geruch jener Tage einzufangen. Er saß auf dem gleichen Stuhl wie vor fünf Jahren, in der gleichen Stube und trank den gleichen Wein aus dem alten, geschliffenen Glas, das sein Freund ihm, wie damals, mit bedächtiger Freundlichkeit einschenkte. Sie stießen an, das dünne Glas klang so voll und hell wie immer, sie sagten »Gesundheit«, und der Wein rollte über die Zunge. Doch kaum schien es Martin, daß er die Vergangenheit nun wirklich eingefangen hätte, – da verflüchtete sich der Ton und die Farbe, der Augenblick wurde nüchtern, ein Klang fehlte, ein Licht war anders, irgendwo gab es einen Schatten mehr. Und je mehr er drängte und suchte, umso schneller lief die alte Stunde fort und verschwand. Sein Freund, der Wein, die alte Stube waren wohl da, doch etwas fehlte.

Auch in der Stube von Thérèse. Er hatte es gleich beim Eintreten gespürt. Beim Wiedersehenskuß. Sie hatten versucht, die Erinnerung jener Tage wieder zum Leben zu bringen. Thérèse hatte aus Martins Konserven ein wundervolles Gericht bereitet, René hatte eine jener »letzten alten« Flaschen Wein hervorgezaubert, die in diesen Monaten überall in Frankreich auf das Wohl eines neuen Wiedersehens ausgetrunken wurden. Thérèse trug über dem alten Kleid einen großen weißen Kragen aus feinen Spitzen, der über die Schultern und bis fast zum Gürtel reichte, und kleine, zierliche Spitzen-Rosetten als Ohrringe. Sie trank Martin zu, er sah in ihre Augen, er hörte sie reden, René saß wieder am Klavier – und dennoch fehlte etwas. René hatte eine Narbe über der Schläfe. Thérèse hatte dunkle Schleier um die Augen. Aber das war es nicht.

Es war auch nicht die Fremdheit des ersten Wiedersehens nach langen, schweren Jahren. Martin hatte versucht, tief in seinem Innern, noch einmal die Feder eines Uhrwerkes aufzuziehen. Vielleicht ging es noch einmal, wenn man wieder so warb und wieder mit so liebendem und verständnisbereitem Herzen versuchte, wie früher einmal. Er bat Thérèse, seine alten »Verse an das Leben« zu singen. René saß steif am Klavier, und nach einer langen Pause sagte er: »Das geht nicht mehr. Da ist zuviel vorgefallen.« Und Thérèse meinte: »Es wäre heute eine Lüge.« Plötzlich sah Martin, wie abgetragen ihr Kleid unter den zarten Spitzen war und wie glanzlos ihre Augen zwischen den tanzenden Ohr-Rosetten. »Vielleicht ist wirklich noch nicht die Zeit gekommen«, sagte er. Dann spielte René einen Marsch, den er im Gefängnis komponiert hatte. Er nannte ihn »Marsch der Gequälten«. Martin schien, als hörte er nur Pauken und keine Musik.

Als er aufbrach, sagte man »Auf Wiedersehen«, und alle drei wußten, wie unaufrichtig dieses Wort war. Es half nicht, die Feder innen aufzuziehen. Wahrscheinlich war auch sein Herz nicht mehr so liebend. Und jetzt hatte er nur noch bis Mitternacht Zeit, um zu finden, was immer noch fehlte.

Auch Fifi war noch da, im Bistro an der Ecke. Sie erkannte ihn nicht, in seiner fremdländischen Uniform, mit dem schwarzen Barett der Panzer-Truppe. Sie erinnerte sich auch nicht, als er zu erzählen begann. »Es gab so viele Gäste«, sagte sie. »Es hat sich so vieles geändert.«

»Merkwürdig«, erwiderte Martin, »als ich vorhin, nach so vielen Jahren, wieder in die Straße kam, fand ich, es hätte sich nichts geändert.«

Fifi sah ihn verständnislos an. »Mais oui, Monsieur, die Häuser sind noch da. Und Mereine handelt noch mit Kohlen und die Durant verkauft noch immer Zeitungen und ihre häßlichen Stofftiere. Und wenn abends genug Gäste im Lokal sind, singe ich auch, wie ich immer gesungen habe. Das hat sich nicht verändert.«

»Was denn?«

»Die Welt, Monsieur. Haben Sie das denn noch nicht bemerkt?«

Es dunkelte, als Martin über die Seine-Brücke zum Place de la Concorde ging. Um Mitternacht würde er wieder in den Lastwagen steigen und aus Paris wegfahren. In die Dünen, den Wachdienst, die nächtlichen Gefechte, den Wind und die einsamen Streifengänge. Wie so viele Soldaten fühlte er in den letzten Stunden vor der Rückkehr an die Front eine brennende Unrast, ein verzehrendes und einsames Verlangen nach einem Erlebnis, das in die Erinnerung der kommenden langen Nächte absinken würde, als Erfüllung, als ein Traum, beseligend und gut.

Gegenüber der Madelaine-Kirche lagen die Räumlichkeiten des »Empfangs-Komitees für Alliierte Soldaten«. Eine Welle von Licht, Wärme, Parfüm und kokettem Lachen strömte ihm entgegen. Er erzählte einer eleganten Dame in einem Pelz-Bolero und mit vielen Goldreifen auf einem nackten Arm, daß er dreißig Jahre alt sei, ein Journalist, Paris gut kenne, gut französisch spreche und gerne mit an Kunst und Politik interessierten Franzosen den Abend verbringen wolle. Die Komitee-Dame schrieb alles in einen Fragebogen, lächelte voll Verständnis und, wie es Martin schien, auch besonders bedeutungsvoll. Dann stellte sie ihn einem Mädchen vor, das wohl eben einem Mode-Journal entsprungen sein mochte und das aus allen Öffnungen seines komplizierten Kleides Begehrlichkeit und Anmut atmete. »Der Herr will in Begleitung eines jungen Mädchens Paris sehen«, sagte sie. »Ja«, sagte das komplizierte Kleid, und der Mund hauchte mit diesem einen Wort berückende Visionen in Martins soldatenhafte Gefühlswelt. Er holte tief Atem, um Mut zu gewinnen, und konnte dennoch nur mit Stocken und Stottern sagen: »Nein, das muß ein Irrtum sein.« Und dann wiederholte er mit einiger Verlegenheit, was er eben im Fragebogen angegeben hatte.

»Je comprends«, sagte die Komitee-Dame, »ich verstehe.« Aber das anmutige Mädchen wandte sich achselzuckend um und sagte: »Ich verstehe nicht.«

Nach längerem Suchen wurde eine andere Dame für Martin gefunden, die ihm wie eine abgeklärtere Ausgabe des komplizierten Kleides erschien. Sie trug einen Hut, dessen kühne Struktur in drei Etagen aufgebaut war. »Hier ist, was Sie suchen«, sagte die Komitee-Dame nach den Vorstellungsfloskeln. Der Wiesenstrauß in der dritten Etage des Hutes tanzte ein paar neckische Pirouetten, ein weicher Arm faßte Martin unter, führte ihn hinaus, und dann sagte eine dunkle Stimme, irgendwo im Keller des Hutes: »Leider kann ich Ihnen morgen früh nicht viel zum Frühstück bringen.« Es war sechs Uhr dreißig auf Martins Uhr. Er hatte die unheilvolle Ahnung, daß zwischen jetzt und Mitternacht zwischen ihm und dem Hutunterbau eine kosmische Katastrophe stattfinden würde, wenn er nicht sofort umkehrte. Er dachte an das letzte Maschinengewehr-Gefecht. Er holte nochmals tief Atem und dann sagte er wieder seinen Spruch her: »Ich bin dreißig Jahre alt, Journalist, ich kenne Paris sehr gut, ich spreche französisch, ich möchte meinen letzten Abend mit jemandem verbringen, der an Kunst und Politik interessiert ist.« Der Hut sah ihn freundlich und mit halboffenem Mund verständnislos an. »Ich bin verheiratet«, stöhnte Martin mühsam. Der Hut zuckte die Achseln, das Wiesensträußchen zappelte. »Ich verstehe Sie nicht.« Und sie gingen in den Komitee-Raum zurück.

Martin wiederholte mit einiger Anstrengung seinen Spruch: »Ich bin dreißig Jahre alt, Journalist, ich möchte …« »Schon gut«, sagte die Komitee-Dame in einem Ton, in dem man Kinder abfertigt, die darauf bestehen, trockenes Brot zu essen statt Sahnebonbons. »Schon gut. Wir haben bisher noch jeden Geschmack befriedigen können. Aber Sie müssen zumindest selbst wissen, was Sie wollen. Wissen Sie das?«

Martin wies auf den ausgefüllten Fragebogen. »Ich bin wirklich Journalist. Verzeihen Sie. Ich bin wirklich dreißig Jahre alt und wirklich verheiratet. Und ich will wirklich mit jemandem über Kunst und Politik …« Der Gesichtsausdruck der Komitee-Dame erfuhr eine plötzliche und gewaltige Veränderung: »Ich dachte, Sie seien ein Soldat, der von der Front kommt«, sagte sie mit einer Eisigkeit, in der Martin ein Ausmaß von Verachtung zu fühlen glaubte, wie es eine Frau nur für einen Haremswächter aufbringen kann. »Ich komme von der Front«, protestierte er.

Nach langem Telefonieren fand man eine Adresse für ihn. Die Familie eines Universitätsprofessors. Martin war zum Abendbrot eingeladen. Aus der Atmosphäre des Empfangs-Komitees schloß Martin, daß es ein Abend in großer Gesellschaft sein würde, mit gutgekleideten Frauen, Wein und geistreichen Gesprächen. Plötzlich fühlte er sich in seiner Felduniform unsicher.

Da er nicht mehr genug Geld hatte, verkaufte er dem Toiletten-Wärter seines Hotels eine Schachtel Zigaretten. Vom Erlös ließ er sich rasieren, die Haare schneiden, die Fingernägel maniküren. Er nahm ein Bad und ließ sich Hose und Schlips bügeln, die Schuhe putzen. Er fingerte vor dem Spiegel nervös an seiner Uniform herum; kaufte auf dem Weg einen Strauß Herbstlaub, weil es Blumen nicht gab; dachte sich ein Dutzend eleganter Phrasen, Redewendungen und witziger Einfälle aus, die er während des Abends an die Gesellschaft verlieren wollte; zählte auf dem letzten Treppenabsatz bis dreißig, um nicht atemlos einzutreten; nahm sein Barett ab, zog einen Handschuh an – und klingelte.

Ein halbwüchsiger Junge führte ihn in einen Salon. »Ich werde Mutter holen.« Martin sah sich um. Das Zimmer verriet gepflegten Wohlstand. Auf dem Flügel standen silbergerahmte Fotografien. Ein strenges männliches Gesicht, Pince-nez und Stutzbart, mit einem Zug versöhnender Ironie. Ein Mädchen im Sportkleid, die blonden Haare vom Wind zerzaust, ein voller Mund, intelligent und anmutig. Ein anderes Mädchen, dunkler, reifer, leicht umschattete, wissende Augen …

Es wird ein wundervoller Abend werden, dachte Martin, voll Genugtuung, daß seine Standhaftigkeit im Empfangskomitee nun so charmante Früchte tragen würde. Er fingerte schnell noch mal an seinem Schlips und fuhr sich mit dem Kamm durch die Haare. Er horchte nach Stimmen aus anderen Räumen, nach dem geschäftigen Lärm, der einem festlichen Mahl vorangeht. Aber alles war still.

»Willkommen.« Eine schmächtige, kleine Frau, verhärmt, und mit entzündeten Augen hinter großen Brillengläsern, reichte ihm die Hand. »Bitte.« Sie führte ihn durch einen langen Korridor. »Jetzt werde ich finden, was ich die ganze Zeit gesucht hab«, dachte Martin, als sie eine Tür öffnete. Er straffte den Körper – und trat ein.

Ein Blick genügte. »Das ist auch wieder nichts.« Unwillen und Selbstmitleid mischten sich in seine Enttäuschung. Der Junge legte drei Gedecke auf den Tisch. Sie aßen eine dünne Suppe. Dann Kartoffeln mit Bohnen und Zwiebeln. Der Junge brachte eine Flasche Wein und die Mutter goß mit zitternder Hand ein.

»Auf Paris«, sagte er.

»Auf Paris.«

»Es gibt in Paris jetzt nicht viel zu essen«, meinte sie. »Und wir kaufen nicht auf dem Schwarzen Markt.«

»Aus Grundsatz«, sagte der Junge.

»Nun, nun. Wir hätten auch nicht mehr das Geld dazu.«

»Wir haben auch nichts gekauft, als wir's noch hatten«, er wurde rot.

Zum Nachtisch gab es einen Apfel und ungesüßten Tee. Sie sprachen über das Leben in Paris und an der Front, höflich und oberflächlich, wie Fremde, die sich im Wartesaal eines Arztes die Zeit vertreiben. Martin wäre am liebsten weggegangen. Aber es war wohl schon zu spät, um noch etwas zu finden. Und was suchte er eigentlich?

Das Gespräch stockte. Die Frau blickte an Martin vorbei ins Leere, als ob ihre Gedanken irgendwo an einem endlosen traurigen Zwiegespräch beteiligt wären, zu dem sie immer wieder zurückkehren mußten. Der Junge starrte Martin an. Aber sein Blick war stumpf, als starrte er durch ihn durch.

Das waren nun die letzten Stunden von Martins Fronturlaub. Ein kaltes Zimmer, eine einsilbige, trauernde, alte Frau und ein uninteressanter, halbwüchsiger Junge. Er ärgerte sich. Warum hatten sie ihn eingeladen, wenn sie nur schweigen wollten?

Sie schwiegen noch immer. Und Martin schien, daß Mutter und Sohn in diesem Schweigen intime Zwiesprache hielten. Daß die Stille, die so schwer über der Stube lag, aus vielen unaussprechlichen Worten bestand. In denen sie sich unterhalten konnten, ohne von Eindringlingen verstanden zu werden. Aber warum hatten sie ihn eingeladen?

Der Junge fragte: »Warum sind Sie zu uns gekommen? Soldaten suchen doch sonst nur Vergnügen in Paris?«

»Du bist nicht höflich zu unserem Gast. Entschuldigen Sie bitte, Monsieur.«

»Ich werde Ihnen eine Antwort geben.« Die beiden waren ihm jetzt so gleichgültig, daß er ungehemmt darauf los reden konnte. Er sprach ja zu sich und nicht zu ihnen.

»Haben Sie sich schon einmal vor dem Spiegel gefragt: Was hat der Krieg in diesem Gesicht verändert? Haben Sie eines Tages gefunden, daß langsam und fast unmerklich Ihr Gesicht neue Falten bekommen hat, einen neuen Zug um den Mund, einen Schatten in den Augen? Und daß man für jede neue Furche, für das veränderte Licht in den Augen, eine Ursache finden kann? Etwas in der Welt ist einem gleichgültig geworden. Man hat sich an ein Unrecht gewöhnt. Man hat zu einer Dummheit geschwiegen. Es kam so langsam und unmerklich, wie die Falten. Zuerst verurteilte man den Schwarzen Markt. Eines Tages fand man, er sei für die anderen notwendig. Dann tat man einmal selbst mit, ausnahmsweise. Schließlich saß man mitten drin.

Ich weiß ganz genau, was sich in meinem Gesicht verändert hat; ich kann heute Dinge tun, die ich vor dem Krieg verurteilt habe. Und ich denk' mir nicht einmal etwas dabei.

Aber wohin wird das führen? Wofür werden wir morgen leben? Es muß doch etwas geben, woran wir glauben können. Heute haßt nur jeder. Ich weiß, Sie wollen mir erzählen, was die Deutschen hier angestellt haben. Ich weiß, sie haben jeden geschlagen, der anständig war. Sie haben sie in ihren eigenen Kot gezerrt. Aber sagen Sie mir doch, gibt es einen, der geschlagen wurde und doch noch lieben kann? Kennen Sie jemanden, der sein Gesicht bewahrt hat?«

Der Junge goß Wein ein, und Martin trank hastig. Die Mutter hielt ihr Glas nachdenklich in der Hand und stellte es dann wieder auf den Tisch, ohne den Wein gekostet zu haben. Sie sah ihren Sohn an, und der Junge beendete ihre schweigende Debatte mit einer zustimmenden Kopfbewegung.

»Es genügt nicht, wenn Sie sagen: ›Ich weiß, die Deutschen haben euch geschlagen‹. Sie müssen wissen, was ein Mensch fühlt, wenn er bei jeder Begegnung mit ihnen denken muß, ›vielleicht ist das mein Mörder‹. Nein, protestieren Sie nicht. Ich weiß, daß nur eine kleine Minderheit Mörder waren. Aber Monsieur, der Verstand kann vielleicht solche statistischen Berechnungen anstellen, das Herz kann es nicht. Da, sehen Sie, mein Junge und ich, das ist alles, was von einer großen französischen Familie übriggeblieben ist.«

»Ich weiß«, unterbrach Martin. Er wollte ihr den Schmerz ersparen, den die Erzählung ihr bereiten würde. Er hatte auch diese eine Erzählung in den zwei Tagen in Paris immer wieder gehört.

»Nein, Sie wissen nichts, gar nichts. Sonst könnten Sie nicht so reden. Hören Sie mir zu, falls Sie es aushalten können.

Meine Tochter Daniela ist in einem ihrer Lager. Ich beschwere mich nicht darüber, daß man sie weggeschnappt hat. Sie waren unsere Feinde, wir haben gegen sie gekämpft, sie hatten das Recht, Gefangene zu machen. Wenn alliierte Flieger sich beim Absturz retteten, halfen wir ihnen nach England zurück. Sie wurden von Familie zu Familie weitergereicht, und wenn die Deutschen sie fanden, dann wurde einer aus der Familie erschossen. Ich weiß nicht, was sie auf unsere Spur gebracht hat. Wir hatten jedoch Glück. Als die Deutschen kamen, hatten die zwei Flieger gerade unsere Wohnung verlassen. Die Deutschen warteten hier, bis meine ganze Familie beisammen war. Wir konnten niemanden mehr warnen. Sie stellten uns gegen die Wand, meinen Mann, meine beiden Töchter, meinen Sohn und mich. Ihr Kommandant sagte: ›Wir sind zu spät gekommen. Aber Ihr werdet den Engländern nicht mehr helfen. Ich werde euch dort treffen, wo es am meisten schmerzt.‹ Er sah einen nach dem anderen prüfend an und dann wies er auf Daniela: ›Dich nehmen wir mit. Ins Lager Krähenstein.‹

Daniela in Krähenstein. Er hatte getroffen, wo es am meisten schmerzte.«

Die Erinnerung überwältigte sie. »Mutter«, der Junge legte seine Hand auf ihren Arm.

»Nein, ich beklage mich nicht darüber, daß man sie ins Lager gebracht hat. Aber warum mußte man sie so zu Schanden richten? Warum schlug man sie solange auf den Kopf, bis sie erblindete? Monsieur, Sie haben Daniela nicht gekannt. Sie haben ihre Augen nicht gesehen.«

»Ich habe sie gesehen«, dachte Martin. Er wußte jetzt, welches Bild im Empfangszimmer Daniela war. Die leicht umschatteten, wissenden Augen lebten nicht mehr. »Ich weiß das alles«, sagte er, »ich fühle tief mit Ihnen mit, Madame. Ich weiß, sie haben Millionen umgebracht, böswillig und kaltherzig …«

»Sie wissen nichts. Sie wissen gar nichts. Sie sprechen von Millionen. Aber welcher Mensch kann wissen, was das heißt, Millionen töten? Ich weiß nur, wie sie einen Menschen getötet haben. Ich kenne nur diesen einen Tod. Und deshalb weiß ich so viel mehr als Sie, der von Millionen Toten redet.

Meine Tochter Michèle war Ärztin und durfte daher einen Wagen halten. Es war am Tage vor der Befreiung von Paris, man kämpfte schon in den Straßen. Michèle wollte ins Krankenhaus fahren. Ich rief ihr noch aus dem Fenster nach, sie möge gut acht auf sich geben. Da kamen drei deutsche Soldaten vorüber. Sie wollten den Wagen haben. Wahrscheinlich um zu fliehen. Als Michèle sich weigerte, schlugen sie mit den Gewehrkolben auf sie ein. Drei bewaffnete Soldaten auf ein unbewaffnetes Mädchen. Das ist nicht Krieg, Monsieur. Das ist Mord. Das ist ein einziger Mord. Aber diesen Mord habe ich gesehen. Und wenn Sie von hier weggehen werden, dann werde ich eine Bitte an Sie stellen: Machen Sie keine Gefangenen, wenn Sie wieder an der Front sind. Ich will meine Abrechnung haben.«

»Ich muß weggehen«, dachte Martin, »das ist überall das gleiche. Ich kenne das alles schon. Ich muß weg.« Laut sagte er. »Natürlich ist es wahr, daß sie gequält und geschlagen haben. Aber das kann nicht das Ende sein. Das ist doch erst der Anfang. Was sollten wir denn sonst jetzt tun? Bitte, antworten Sie. Was sollen wir jetzt tun?«

»Ich weiß nicht, was wir tun sollen. Das war eben nicht bloß ein Anfang. Ich fürchte, das war das Ende. Die Welt wird weitergehen, zweifellos. Aber es wird nicht mehr meine Welt sein.«

»Ist das denn möglich? Hat es in all diesen Jahren wirklich kein einziges Zeichen von Hoffnung gegeben?«

»Es gab nichts.«

»Gab es keinen anderen Deutschen?«

»Keinen.«

»Doch, Mutter, es gab einen. Erinnerst du dich?«

»Ich erinnere mich nicht.«

»Als sie Vater abführten …«

»Vater?«

»Einer blieb für einen kurzen Augenblick zurück …«

»Ich habe niemanden gesehen.«

»Du standest hier an der Türe. Sie hatten Vater eben aus deinen Armen gerissen. Er hatte dir etwas zugeflüstert. Du sahst ihm fassungslos nach. Sie zerrten ihn über den Korridor und schlugen auf ihn ein. Da kam einer zurück. Er trat schnell ins Zimmer, sah sich um, als ob er etwas vergessen hätte. Und beim Hinausgehen – er stand kaum einen Schritt vor dir – sagte er aufgeregt und stockend: ›Bitte helfen Sie uns. Wir müssen den Krieg verlieren. Sonst wird in Deutschland kein Zivilist mehr auf dem Bürgersteig gehen können.‹ Dann ging er schnell den anderen nach.«

»Du mußt geträumt haben. Ich habe nichts gehört.«

»Oh doch. Er stand vor dir.«

»Ich habe ihn nicht gesehen.«

»Vielleicht, weil du Vater nachgesehen hast, weil du an Vaters letztes Wort gedacht hast ...«

»Vaters letztes Wort ...«

»Du hast mir nie gesagt, was es war.«

»Wir haben seither nie mehr über Vater gesprochen. Es tat so weh.«

»Aber jetzt ...«

»Nein. Vielleicht einmal später.«

Sie schwiegen. Der Junge goß Martins Glas wieder voll. Nach einer langen Pause begann die Mutter wieder.

»Ist das wahr, daß der Deutsche zurückkam?«

»Ganz gewiß.«

Sie schüttelte den Kopf. »Es ist zu spät. Ich kann nicht mehr.«

»Was kannst du nicht mehr?«

Sie schwieg wieder.

»Mutter, was ist denn los?«

»Es tut mir leid, Madame, daß ich so traurige Erinnerungen wachgerufen habe.«

»Vielleicht ist es gut. Ich weiß ja schon selbst nicht mehr, was richtig ist. Hören Sie den Rest unserer Geschichte.

Mein Mann und ich zogen unsere Kinder in dem Glauben groß, daß der Mensch gut sein kann. Die Welt wird langsam immer besser, dachten wir, wenn man nur selbst genug Liebe in die Welt bringt und geduldig ist. Als die Deutschen kamen und die erste Zeit der Überraschung und Bestürzung vorüber war, begann auch langsam und zögernd unser Widerstand. Erst eine Proteststimme hier und dort, dann Attentate und Sabotage, Sprengungen und schließlich unsere Organisation, die von Holland bis zur spanischen Grenze reichte und so vielen zurück nach England half. Wir sahen, wie kleine Menschen groß sein konnten und wie viele Menschen, trotz bestem Willen, nicht imstande waren, ihre Angst zu überwinden. Das alles war natürlich und selbstverständlich. So sind die Menschen, und niemand hätte es anders erwarten können.

Aber dann kam etwas, das wir nicht erwartet hatten, obwohl es auch nur zu verständlich ist. Die Menschen begannen, ihren Glauben zu verlieren, sie wurden verbittert, sie konnten nur noch an ihre Rache denken – so wie ich jetzt nur daran denke, meine Rechnung mit den Deutschen auszugleichen. Als wir so sahen, daß die Menschen – wie Sie es nennen, Monsieur – ihr Gesicht verloren, da sammelten wir die Freunde um uns, die unerschütterlich waren. Wir bildeten eine Gruppe, die unter den Deutschen selbst arbeitete. Sie hieß »Cœur et Fraternité«, Herz und Brüderlichkeit. Wir dachten, es müßte unter den Deutschen doch Menschen geben, die so dachten wie wir. Wir brauchten ihre Existenz für unser eigenes Leben. Damit wir fortfahren konnten, an unsere Ideen zu glauben. Deshalb warteten wir so sehnsüchtig auf ein Zeichen von ihnen. Deshalb beteten wir, daß es drüben andere Deutsche geben möge. Wir haben viel riskiert, um so ein Zeichen zu ermutigen.

Unser Kreis wurde immer kleiner. Einige wurden verhaftet. Andere fielen ab, weil unsere Arbeit keinen Erfolg zu haben schien. Wenn sie allein waren, zeigte sich mancher Deutscher als unser Freund. Wenn sie zusammen waren, schlugen sie uns. Aus Angst voreinander. Wir haben manchmal von Selbstmorden gehört. Vielleicht war das ein Protest. Aber vielleicht war es auch Flucht.

Immer mehr unserer Freunde dachten, unsere Arbeit sei sinnlos. Um der Deutschen Herr zu werden, müßten wir so werden wie sie. Schließlich hörte auch ich auf, an einen Erfolg zu glauben, und nur noch mein Mann fuhr in der Arbeit fort. Er sammelte mit großer Vorsicht die Adressen sorgfältig ausgewählter deutscher Offiziere und Verwaltungsbeamter, von denen er in mühseliger und langwieriger Nachforschungsarbeit durch ihre französischen Quartiergeber oder durch Leute, die mit ihnen amtlich zu tun hatten, erfahren hatte, daß sie freundlich, korrekt und menschlich zugänglich waren. Ich weiß nicht genau, was er mit diesen Adressen vorhatte, aber er erwartete einen großen Erfolg. Und er sprach so begeistert darüber, daß ich wieder unschlüssig wurde.

Dann wurde er verhaftet. Hier in der Wohnung. Kaum zehn Monate, nachdem sie Daniela abgeführt hatten. Sie durchsuchten die Wohnung, aber fanden nichts. Sie sagten, was sie wüßten, genüge zu seiner Verurteilung. Als er mich zum Abschied umarmte und mir etwas zuflüsterte, rissen die Deutschen ihn aus meinen Armen. Sie waren so erbost, sie schlugen auf ihn ein …

Das war das letzte, was wir von ihm sahen. Er wurde hingerichtet.

Wir haben seither nie wieder darüber gesprochen. Es tat weh. Und wir verstanden einander auch ohne Worte. Wenn Sie nicht gekommen waren, hätte ich vielleicht nie gesprochen. Ich wollte die alte Zeit begraben sein lassen.«

Martin schämte sich jetzt, daß ihm die beiden noch vor einem Augenblick gleichgültig gewesen waren. Warum gab es in keiner Sprache der Welt die richtigen Worte für so einen Augenblick?

»Aber ich habe seither immer nur in dieser toten Zeit gelebt«, sagte sie.

»Die Zeit ist nicht tot, Mutter.«

»Nicht für dich.«

»Für niemanden. Man kann auf die Dauer nicht leben und doch tot sein.«

Sie zögerte lange. Ihre Stimme war müde. »Wie merkwürdig, daß alle seine Worte heute abend wiederkommen.«

»Vaters Worte?«

»Ja. Er sagte: Man kann tot sein und doch leben. Und dann …«

»Und dann?«

»Dann sagte er noch: ›Wir müssen ihnen helfen. Sonst ist es unser aller Unglück‹.«

»Das sind ja fast die gleichen Worte, die der Soldat …«

»Die gleichen Worte.«

»Und der eine wußte vom anderen nicht.«

»Und ich habe den einen über den anderen nicht gehört.«

»Madame«, Martin sprach leise, »wenn ich nun gehe, wollen Sie immer noch Ihre Bitte an mich richten?«

Sie antwortete nicht. Martin stand auf, es war spät geworden. Er ging in den Salon, um seinen Mantel zu holen. Vergeblich versuchte er, die drei Fotografien auf dem Klavier nicht anzusehen: das strenge männliche Gesicht mit dem Zug versöhnender Ironie, die anmutige Michèle, die reifen, wissenden Augen der erblindeten Daniela.

»Das war meine Familie.« Martin fuhr herum. Die Mutter stand hinter ihm. »Ich bin Ihnen noch eine Antwort schuldig. Jawohl, ich will, daß Sie keine Gefangenen machen. Ich kann nicht anders … Mein Herz ist zu schwer. Ich könnte sie mit meinen eigenen Händen töten.«

Martin reichte ihr die Hand zum Abschied. Ihre Hände waren zart und weiß, fast durchsichtig. Die Finger hatten lange, wohlgeformte Glieder, wie die Hände, die Rodin in seiner Plastik »Dom« in weißem Marmor gemeißelt hat.

Martin küßte sie. »Mit diesen Händen?« fragte er.

Sie sah ihn schweigend an. In ihren Augen waren Tränen.

Der Junge begleitete Martin die Treppe hinunter zum Haustor. »Sie müssen Mama verzeihen. Wir waren eine große und glückliche Familie.« Er schloß das Haustor auf. »Leben Sie wohl«, sein halberwachsenes Gesicht war voll Bewegung. »Vielen Dank für Ihren Besuch.« Er gab sich einen Ruck: »Glauben Sie, wir dürfen wieder Mut fassen?« Und ohne auf eine Antwort zu warten, fuhr er fort: »Welchen Sinn hätte sonst der Krieg gehabt?«

»Ja. Welchen Sinn hätte sonst der Krieg gehabt?«

Martin ging langsam den Boulevard hinunter zur Seine. Die halbverhüllten kleinen Lichter der Militärwagen tanzten flackernde Reigen auf dem Wasserspiegel. Es roch nach moderndem Laub. Soldaten gingen mit ihren Mädchen durch die Nacht. Eine junge Frau sagte zu Martin: »Liebling, komm' mit mir.« Ein Seemann drückte ihm eine Zigarette in die Hand. »Bruder, zum Teufel mit dem Krieg.«

Vor dem Hotel stand der Lastwagen. Sie fuhren aus der Stadt hinaus, durch die Nacht, wieder zur Front. Hinter ihnen lag Paris, achtundvierzig Stunden Urlaub, eine unbeendete Suche und eine Frage ohne Antwort.

Lücken zwischen den Namen

Es war ein freundlicher wolkenloser Sommertag, ein Tag, an dem Liebe durch die Straßen ging und in den Pflasterritzen Freude blühte. Aber die Menschen in der Warteschlange vor dem Flüchtlingsbüro dachten nicht an Seligkeit oder Hoffnung und auch nicht an den Frieden, der schon viele Wochen alt war. Sie sprachen leise miteinander, von Toten, von Hoffnung und auch von Wundern. Die gab es jetzt manchmal. Und sie würden ihr Wunder, auf das sie fünf Jahre lang gehofft hatten, jetzt vielleicht erleben, wenn sie den Raum mit den Listen erreichten. In der Wartestube vor dem Listenzimmer verstummte ihr Gespräch, weil sie die Gesichter der Menschen lesen wollten, die aus diesem Zimmer kamen und die Listen schon gesehen hatten. Seitdem in der Welt das Licht ausgegangen war, glaubten viele nicht mehr an Gott. Aber wenn einer der Suchenden ungebeugt durch die Türe kam und in seinen Augen die strahlende Freude einer Mutter lag, die zum erstenmal ihr Baby sieht, dann fühlten auch Ungläubige eine Blitzsekunde lang, es könnte doch etwas Wunderbares geben – man wagte nicht, es zu denken, weil man es damit vielleicht ersticken würde – und auf der Liste, die man jetzt gleich in der Hand halten würde, stünde der Name des Bruders, der Geliebten, des Freundes oder der Mutter.

Die Helfer im Warteraum, die vor dem Krieg in der alten Heimat Zahntechniker oder Buchhalter gewesen waren, mit Trockenobst oder Damenunterwäsche gehandelt hatten, fanden es schwierig, das richtige Gesicht aufzusetzen, wenn sie die Bedeutung der Listen erklärten. Sie bemühten sich, wie verständnisvolle Angestellte einer Leichenbestattungsanstalt auszusehen. Aber auch Leichenbittermienen müssen gelernt sein. Die ersten Listen seien zusammengestellt worden, als die alliierten

Armeen die deutschen Vernichtungslager befreiten, in aller Eile, weil viele ausgehungerte, mißhandelte und an Seuchen erkrankte Häftlinge im Sterben lagen. Die Überlebenden seien in Pflegelager gebracht worden, wo Menschen aus aller Welt, vor allem junge, die trotz der grausamen Kriegsjahre an Liebe und Hingabe glaubten, sich ihrer annahmen und ihre Wunden pflegten. Vor allem die seelischen, die auch einer verständnisvollen Hingebung nicht leicht zugänglich sind. Sie stellten neue Listen zusammen, mit neuen Namen, aber ohne die der inzwischen Gestorbenen. Das sei verwirrend. Vielleicht seien auch nicht alle Pflegelager erfaßt worden, und man dürfe aus diesem Wirrwarr nicht endgültig schließen, wer es nicht überlebt hatte. Man müsse weiter warten, sagten sie verlegen, als ob sie an dieser Ungewißheit schuld seien oder an diese Vertröstung nicht glaubten.

Josef Strelkin hatte im Wartezimmer viele Stunden gegrübelt, wie sein Leben aussehen würde, nachdem er die Listen gesehen hätte. Ihm war es recht, die Gewißheit noch einmal hinauszuschieben. Er fürchtete sie. Aber als er in das Listenzimmer gerufen wurde, wo an langen Kantinentischen Menschen sich über abgegriffene Papierbündel beugten, versuchte er doch zu glauben, er würde in ein paar kurzen Augenblicken die ersehnten Namen lesen und ein neues Leben beginnen können, in dem er stark und hilfreich zu sein versprach.

Er war so erregt, daß er in der Liste nicht gleich die Seite mit dem Anfangsbuchstaben S fand. Das war ein schlechtes Omen. Dann glitt sein Blick über lange Reihen für ihn so enttäuschend fremder Namen … Saulus, Schachter, Silbermann … daß er beim Weiterlesen zugleich auch die Seite hinunterschielte, um sich zu vergewissern, daß es noch viele S gab und er nicht vorzeitig verzweifeln müßte … Sklenarsch, Skwara, Solomon … so viele Solomon hatten es überlebt, vielleicht also auch Strelkins … Smollet, Spielman, Stransky, jetzt mußte es kommen, er hielt den Atem an … Stribrny, Stroh, Stursa, er las noch einmal, Stransky, Stribrny, Stroh, Stursa. Er starrte auf die Lücke zwischen den Namen Stransky und Stribrny, Stransky und Stribrny. Hier war die Familie Strelkin begraben, Mutter, Brüder und die anderen.

Er blickte auf und sah die über die Listenbündel gebeugten Menschen, hörte ihr Gemurmel und ihre Seufzer, stille Klagelaute aus der Nacht, während draußen die junge Sommersonne schien. Das war der Augenblick, den er fünf Jahre lang gefürchtet hatte. Vielleicht gibt es noch andere Listen, hatten die Helfer gesagt, man muß warten. Vielleicht würde in der Lücke zwischen Stransky und Stribrny der Name Strelkin auftauchen, redete er sich zu. Wir alle brauchen ein Vielleicht, auch wenn wir wissen, daß es eine Lüge ist. Und daß es nichts gibt, das die Lücke schließen wird.

Er ging zum Anfang der Liste zurück … Abeles, Bierbaum, Cantor … Aus den Berichten der ersten Überlebenden hatte er erfahren, daß sie im Lager nicht nur unter Grausamkeit und Hunger litten und der Gewißheit des Todes in der Gaskammer. Es bedrängte sie auch die Qual totaler Verlassenheit. Niemand wußte mehr von ihnen. Sie waren schon erstickt, obwohl sie noch ein paar klägliche Stunden oder Tage atmen würden. Sie waren keine Menschen mehr, weil dem, was sie noch waren, alles geraubt worden war, was sie vom toten Stein, von einem Stück Kot, vom Nichtsein unterschied: das Bewußtsein ihrer selbst, die Würde ihres Bestehens, die Berührung mit der Welt, deren Teil sie waren, wenn auch in Feindschaft. Nichts hätte sie so umgebracht, berichteten sie, wie diese Erniedrigung, dieser Verlust ihrer Menschlichkeit. Strelkin fühlte sich ihnen verpflichtet, weil er selbst fast ohne Wunden oder Hunger davongekommen war. Er müßte ihnen helfen, zurückzufinden. Er würde allen Überlebenden, die er kannte, schreiben, sie willkommen heißen in den Trümmern der Nachkriegswelt. Aber er fürchtete auch, daß er schon nach einer kurzen Anstrengung in dieser Verpflichtung versagen würde. Eine Zeitlang würde er sich dann noch schuldig fühlen und schließlich nicht mehr wissen, warum.

Er las weiter … Daniel, Danziger, Duerheim … jüdische All-
tagsnamen. Aber auch Dornhagen, Fischkoleit und Kaltenborn, Hans-Siegfried Fischkoleit und Margarete von Kaltenborn.
Welche Standhaftigkeit, welche Kraft der Überzeugung hatte
diese Menschen ins Lager gebracht? Es gab siebzehn Kohns.
Unter L fand er den ersten Bekannten, Gerda Langstein, seine
Teenagerliebe vor zweiundzwanzig Jahren. In der Pause nach
der Mathematikstunde hatte sie einen flüchtigen Kuß auf seine
Wange gedrückt, weil er ihr einen Zettel mit der Lösung der
Prüfungsarbeit zugesteckt hatte. Ihr weißer Bubikragen mit
einer Schottenschleife und ihre braunen kurzen Locken tauchten kurz aus seinem Gedächtnis auf, schnell zurückgewiesen,
weil solch eine Erinnerung sich in diesem Augenblick zaghafter
Lebenserwartung und verstörter Todesbefürchtung nicht ziem-
te, und wohl auch, weil Gerda nicht ihn, sondern den widerlichen Herrn Langstein geheiratet hatte. Unter M fand er einen
Karl Meissner. So hatte in seiner Vaterstadt ein wohlhabender
Rechtsanwalt geheißen, der Kommunisten und Pferdediebe
vor Gericht verteidigte und einen Privatgelehrten finanzierte,
der auf dem Wochenmarkt Ideen predigte, die damals als abwe-
gig galten: Nacktbaden, freie Liebe, die Kunstsprache Volapük
und transzendentale Gitarrenmusik. Und dann der Name
Ornstein, der Mädchenname seiner Mutter. Sein Herz setzte
wieder aus. Es gab dreizehn Ornsteins, Ada, Berta, Doris, Erich,
Leo und andere Vornamen, die für ihn keine Gestalt hatten.
Keine Kitty und keinen Georg, mit denen er im Obstgarten
der Großeltern Geheimnisse austauschte, was Erwachsene miteinander taten.

Die Listen waren abgegriffen und verschmutzt, manche
Leute ließen beim Lesen den Daumen über die Namen gleiten.
Manche Namen waren vertippt, unleserlich. Gab es wirklich
jemanden, der Amadus Bartigam hieß? War Fitz Neuvebaur
vielleicht sein romantischer Schulfreund, der Architekt Fritz
Neugebauer, mit dem er nächtelang in Weinstuben diskutierte,
was sie aus ihrem Leben machen würden? Häuser bauen, Ge-

schichten schreiben, Mädchen lieben, die Welt verändern? Ganz sicher nicht in Überlebenslisten schürfen. Eine schwermütige Sehnsucht nach der Vertraulichkeit und Wärme dieser Stunden ergriff Josef Strelkin. Würde es einmal so etwas wieder geben? Schwelte in den Menschen, die in diesem dürftigen Listenzimmer angstvoll die Wracklisten des Krieges durchschürften, noch etwas von der Hoffnung jener Tage weiter?

Eine Frau am Nebentisch schrie auf: »Oh Gott! Hansele lebt! Ich kann es nicht glauben.« Sie schluchzte und schlug mit den Händen um sich. Der Mann neben ihr legte seinen Arm um ihre Schulter und küßte ihre Wange. Leute kamen von den anderen Tischen und sagten freundliche Worte. Sie sank in sich zusammen und weinte herzzerreißend. Das war ein verbrauchtes Wort, aber die Sprache hatte in diesen Tagen noch kein neues für solche Augenblicke. Es hatte sie bisher noch nicht gegeben. »Wir sollten Gott danken«, sagte jemand, als die Frau gebückt aus dem Zimmer ging, »aber wo war Gott, als gemordet wurde?« Er erhielt keine Antwort. Es gibt keine, dachte Strelkin. In der Tür drehte die Frau sich um und sagte verlegen: »Danke. Es ist ein Wunder.« »Ja, ein Wunder«, sagte der Mann, der Gott danken wollte. Er stand von seinem Stuhl auf und klatschte Beifall, langsam und herausfordernd. Zögernd zuerst und dann schnell, so schnell wie ihr Alter und die bange Stunde es gestatteten, standen alle Menschen im Listenzimmer auf und klatschten. Ein paar weinten, Tränen des Glücks und des Unglücks, der Hoffnung und Verzweiflung, der Liebe und der Leere in den Lücken zwischen den Namen der Überlebenden.

Fritz Beer 1945 im Studio der BBC

Nachwort des Verlegers

Ich habe«, sagte ich im Sommer 2002 bei einem Anruf zu Fritz Beer, »gelesen, die Tschechoslowakische Auslandsarmee hätte die Deutschen im Juni 1940 zwei Tage an der Loire aufgehalten ...« Vom anderen Ende der Telephonleitung hörte ich seine Stimme: »Zwei Tage?? ... Zwei Sekunden!« Das verrät schon manches über unseren ersten Autor und führt auch geradewegs hinein in dieses Buch, *Das Haus an der Brücke,* in dem es um den Zweiten Weltkrieg geht, geschrieben von einem ehemaligen tschechoslowakischen Soldaten in Frankreich.

Ein Blick zurück. Ich hatte Fritz Beer das erste Mal 1994 in Wuppertal erlebt, als die Else-Lasker-Schüler-Gesellschaft das PEN-Zentrum deutschsprachiger Schriftsteller im Ausland ehrte. Hier waren viele Emigranten zusammengekommen, die sich richtungsweisend engagierten, der Bequemlichkeit im Wege standen, kraft ihrer Persönlichkeit, gereift durch eine Lebenserfahrung, bei der Verfolgtsein und Verluste dazugehörten. Darunter auch Hans Keilson, Fritz Beers Vorgänger als Präsident des PEN-Zentrums deutschsprachiger Autoren im Ausland, den ich zuletzt 2009 in Wien wiedersah, wach wie eh und je – am 31. Mai ist er mit 101 Jahren in Hilversum gestorben.

Mit Fritz Beer nahm ich irgendwann nach der Lektüre seiner Erinnerungen *Hast Du auf Deutsche geschossen, Grandpa?* (1992)[1] Kontakt auf. Das Buch hatte mich tief beeindruckt mit seiner scharfen Analyse, seinem Witz – besonders aber durch die Art der Selbsthinterfragung. Ein Jahrhundertbuch, weil es die Epoche vom Ersten Weltkrieg bis zum Kalten Krieg und die komplizierten Verhältnisse in der Tschechoslowakei besser verstehen läßt. Einer der Knackpunkte in diesem Leben war die Rolle, die Fritz Beer ab Ende 1929 und bis zu seinem Parteiaustritt im August 1939 in der zunächst fortschrittlichdemokratischen Kommunistischen Partei der Tschechoslowakei gespielt hatte. Was mir dabei Respekt einflößte: Hier sezierte jemand seinen schließlich selbst empfundenen Irrtum, fand Erklärungen für seine Positionen – aber nur bis zu einem gewissen Grade. Die billige Entschuldung lehnte Fritz Beer für sich ab. Der Verweis auf seinen späteren Bruch mit der Partei oder auf eine parteiinterne Zurechtweisung wegen Kontakts zu einem Abweichler schon im Dezember 1933 – das genügte ihm nicht. Er übernahm für sich die Verantwortung, Mitte der dreißiger Jahre wider besseres Gewissen gehandelt zu haben, Zweifel unterdrückt und so als ein Mitläufer Verbrechen mitgetragen zu haben, die sich zum Beispiel mit den Moskauer Prozessen verbinden.

Fritz Beer und ich kamen dann in ein Gespräch, das, immer wieder unterbrochen, bis kurz vor seinem Tod 2006 anhielt. Im Frühjahr 2002 fuhr ich zu ihm nach Wimbledon. Ich glaube, ich nahm ein Taxi, ein schwarzes, altes Londoner, zum ersten Mal, an diesem besonderen Tag. Auf die Sekunde genau klingelte ich am weißgetünchten »Hill House«, etwas abseits von der Straße, die einen Hügel hinaufführte, und Fritz Beer öffnete. Statt einer Begrüßung sagte er: »Sind Sie Preuße?« Das kam geschossen und damit überrumpelte er mich, und alles wäre viel schlimmer gewesen, wenn ich damals schon gewußt hätte, daß solche Bezeichnung fast schlimmer bei ihm wog als »Sind Sie Stalinist?« oder »Sind Sie Faschist?«. Einmal war ich also pünktlich gekommen, und der alte Mann witterte gleich Preußisches. Hier hätte alles zuende sein können, in einem seiner Briefe drohte er (unglaubwürdig), daß er exzellenter Gewehrschütze sei, in zwei Armeen ausgebildet, ich mich besser in acht nehmen müsse beim nächsten Besuch, hier hätte alles zuende sein können, ich – mit einem Schuß Westpreußen im Blut, er erfuhr's nie – abgefertigt vom mährischen Autor, hier hätte es aus sein können; es wurde ein Anfang.

Die Verlagschronik faßt den Tag so zusammen: »Mit einem Typoskript von Fritz Beer unterm Arm, nahm der Arco

Verlag 2002 schon im Vorortzug aus Wimbledon Fahrt auf – mitunter sogar lachend.« Lachend, denn auf der Rückfahrt las ich Fritz Beers Erzählung DIE KNEIPE ZUM GRÜNEN MANN und ich habe Tränen gelacht, nicht nur über den Orgasmus einer Lembergerin, die unter schrillen Schreien dem Höhepunkt der Weltrevolution entgegenstöhnt.

Und was war vorher passiert? Ich hatte Fritz Beer eröffnet, wir würden gerne einen Verlag gründen, gewissermaßen seinetwegen, um ein Buch mit ihm zu machen – und er ließ sich darauf ein. Jahre später hat er mir gesagt, daß er nie und nimmer erwartet hätte, was dann daraus wurde. Er gab uns dennoch sein Vertrauen. So wurde er zu unserem ersten Autor, wie wir ihn uns besser nicht hätten wünschen können. Daß er zufrieden mit seinem Verlag und dem starken Echo auf sein Buch war, ist dabei eine schöne Fügung.

Bei einer der wenigen Lesungen, die wir mit ihm machen konnten, das Reisen fiel ihm mit 92 Jahren schwer, führte er sich so ein: »Vor Ihnen steht Fritz Beer. Eine Veranstalterin hat einmal gesagt: ›Das ist der greise Herr Beer. Wir haben ihn für Sie extra aus London einfliegen lassen.‹ Ich fühlte mich geehrt. Extra eingeflogen! Wie eine Kaffeebohne aus Kenia.« Der Witz gehörte immer auch zu den Begegnungen mit Fritz Beer, er hat ihm und seiner Umgebung das Leben erleichtert, denke ich.

Am Tag nach einer Lesung in Wuppertal, Anfang Mai 2003, brachte ich ihn zum Flughafen. Die Autorin und Freundin Ingrid Bachér kam dazu, um sich von ihm zu verabschieden. Als letzte gute Tat signierte er in einem Flughafenbistro einen großen Stapel Bücher, und wir fanden gleich raus, daß das künftig ein guter Marketingtrick sein würde. »Herr Beer«, raunte ich ihm zu, »sehen Sie die Blicke, alle sehen Ihnen zu. Sie ahnen bereits, daß Sie der Nobelpreisträger sind.« Eine halbe Stunde später, ich saß bester Laune im Auto, erreichte mich eine Todesnachricht. Armin A. Wallas, der sich zwei Wochen zuvor noch mit uns über seine Herausgabe des Wiener jüdischen Schriftstellers Eugen Hoeflich gefreut hatte, war tot, völlig unerwartet aus dem Leben gerissen. So blieb der Tag doppelt im Gedächtnis.

Wenn ich Fritz Beer in Wimbledon besuchte, brühte er selbst den Kaffee und trug ihn ins Wohnzimmer. Dabei erzählte er mir einmal über den Brünner Schriftsteller Felix Langer, den es 1939 ebenfalls nach London verschlagen hatte: »Felix Langer wollte einen Exilkreis gründen. Man traf sich also in der Finchley Road. Eine großartige Idee. Sie scheiterte nur daran, daß in ganz London kein vernünftiger Kaffee aufzutreiben war.« Wir saßen stets im Wohnzimmer, der Blick ging den Hang hinunter, seine Frau und er liebten diesen Garten mit den großen Rhododendronbüschen.

In einem Brief schrieb er mir am 16. April 2004, wie krank er sei. Seitdem war ich in großer Sorge um ihn. Bei einem Telephongespräch war er unkonzentriert und wirkte verwirrt, ganz wie er es selbst vorausgesehen hatte: »[Die Behandlung] verhindert auf absehbare Zeit jede Konzentration der Gedanken und Formulierungsfähigkeit. Ich werde also nichts mehr schreiben.« Es gab mir einen Stich ins Herz, nun zu erleben, wie dieser Weggefährte, den sein Denken und Schreiben ausmachte, »weniger« werden würde, anders. Es war wie ein Wunder, wie er noch einmal zurückfand zu alter Form, zu seinem Galgenhumor. Die letzten Jahre zitterte ich trotzdem vor den Anrufen bei ihm. Hatte ich ihn mehrere Monate nicht gesprochen, fürchtete ich den Moment, wo er nicht persönlich abheben würde. Erwartete die Stimme seiner Frau und die Nachricht von seinem Tod. (Merkwürdigerweise bin ich nie auf den Gedanken gekommen, es könne andersherum kommen, dabei hielt doch ihn die Fürsorge um sie aufrecht.) Doch immer wieder die Freude, die stets gleiche Stimme zu hören: »This is Nine–four–six–O–one–seven–eight.« So meldete er sich, indem er seine Telephonnummer herunterspulte wie vom Band. Manchmal rief er dann halblaut seiner Frau, »die es zweiundsechzig Jahre mit mir ausgehalten hat« – so seine Widmung in *Kaddisch für meinen Vater* – zu: »Ursel, it's my publisher.«

Meine Frage, wie es ihm denn ginge, beantworte er so: »Oh, I'm fine, thank you. Aber Sie wissen ja, das sagen die Engländer auf dem Sterbebett. Zu meinen Freunden sage ich …« Und es folgte eine obskure Abkürzung, hinter der sich eine Ansammlung wüster englischer Flüche verbarg, die er dann mit Vergnügen zum Besten gab. Bei anderen Gelegenheiten sprach er darüber, daß die ganze Verklärung des Alterns ein Schmu sei; es sei nicht schön, alt zu werden.

An seinem 95. Geburtstag wollte ich ihm, wie immer, gratulieren. Ich hatte seine Frau am Telephon: »Wissen Sie, mein Mann ist sehr krank.« Das war mein letzter Anruf im »Hill House«, das waren meine letzten Worte mit seiner Frau, wenige Tage vor seinem Tod. Sie überlebte ihn nur um Wochen – dieses Paar starb beinahe, so wie es seit 1940 das Leben geteilt hatte, sich aneinander aufgerichtet hatte im Füreinander-dasein, wenn ich das richtig sehe: er mit 95 Jahren, seine Frau nur etwas jünger.

Die Beziehung eines Verlags zu seinem Autor endet aber nicht zwangsläufig mit dessen Tod. Vielleicht ist gerade dieser ein Anstoß, etwas lebendig zu halten. Dieser Überlegung verdankt sich dieses Buch *Das Haus an der Brücke,* gegen das vieles spricht: Wer, bitte, hat heute Lust, Kriegserzählungen zu lesen? Oder überhaupt Erzählungen? Wo alles nach Romanen schreit. Und wer kräht noch nach Exilliteratur? Und wer ist bereit, einen Preis für Bücher zu zahlen, die in der Herstellung ihren hohen Preis haben? Wir haben uns über diese sehr ernsthaften Bedenken hinweggesetzt, und ob das klug ist, wird sich erweisen. Ein Anruf bei Fritz Beer ist jetzt nicht mehr möglich, ich male ihn aber gerne aus. Würde er mich fragen, ob ich im Lotto gewonnen hätte oder er den Nobelpreis? Ob ich den Verstand verloren hätte oder er jetzt nicht bei Trost sei? Ich würde mich doch nur ruinieren … Ich versuche, Antworten darauf zu geben, ihm und mir und Ihnen, aber der Reihe nach.

Fritz Beers Erzählungen *Das Haus an der Brücke* erschienen erstmals 1949 im Nürnberger Nest-Verlag. Verleger war

Karl Anders, der nach England emigriert war, bei der BBC gearbeitet und Fritz Beers Journalistenlaufbahn in Großbritannien eingeleitet hatte: Anders riet ihm, sich in einer Phase großer Fluktuation einfach in das Büro des Deutschen Dienstes der BBC »einzuschmuggeln« und, wie ein langjähriger Mitarbeiter, seine Texte abzuliefern. So wurde Beer zu Anders' Nachfolger als Leiter der »Sendung für den deutschen Arbeiter«, die im weiteren Zusammenhang der *Reeducation* stand. Im Nest-Verlag erschienen vor allem Werke von Autoren, die während des Kriegs im Londoner Exil gewesen waren, so von Albin Stübs (einem Berliner Autor und Prager Mit-Exilant, der ihm 1939 das Einreisevisum nach Großbritannien verschafft hatte), Ernst Sommer, Irma Loos, Kurt Kersten sowie Al(Fred) Marnau, dem späteren Nachdichter des Ungarn Endre Ady; später gehörten US-Krimis (Chandler, E. S. Gardner) zu den Stützen des Verlags. Sein Autorenhonorar habe, so Fritz Beer, aus einem Glas Bier und einem Schinkenbrötchen auf dem Frankfurter Flughafen bestanden, und so ließ sich auch der Arco Verlag nicht lumpen und nahm 2002 – zusätzlich zu klingender Münze – in den Autorenvertrag auf: »Zusätzlich verpflichtet sich der Verlag zu einer einmaligen Leistung von zwei Schinkenbrötchen und zwei Flaschen Bier (2 x 0,5l), bereitzustellen binnen eines Jahres nach Vertragsabschluß. Der Verlag räumt dem Autor das Recht ein, anstattdessen – ganz nach seinem gusto – auch zwei Döner Kebabs oder zwei Sandwiches zu wählen.« (§ 4.2.) Das war ganz nach Fritz Beers Geschmack.

Der Klappentext von 1949 stellt seine Novellen in einen Zusammenhang mit Karel Čapek und Jaroslav Hašek und hebt dabei gerade auf das Humoristische ab, das sich besonders mit dem Soldaten Švejk verbindet; Beer wird als »der bekannte sudetendeutsche Schriftsteller« bezeichnet, was nicht nur sympathisch übertrieben, sondern auch zusätzlich interessant ist, denn bereits im englischen Exil, wo dieser Begriff lange anstandslos verwendet worden war[2], hatte schließlich eine erhitzte Debatte stattgefunden, ob das eine ideologisch verseuchte Bezeichnung sei. Aber das war eher ein Nebenkriegsschauplatz in Debatten, die den Kurs gegenüber Edvard Beneš und die Zukunft der Deutschmährer und Deutschböhmen in einer Nachkriegstschechoslowakei betrafen. Fritz Beer hat sich auch im Alter dennoch sehr von dieser belasteten Herkunftszuschreibung distanziert. Auf die Anfrage einer tschechischen Germanistikstudentin, die ihn, etwas unbedacht, als »sudetendeutschen Autor« befragen wollte, reagierte er empfindlich. Er hörte nie wieder etwas von ihr, die er verschreckt hatte, wunderte sich und es tat ihm leid – eine Versöhnlichkeit, die ihn überhaupt auszeichnete, wenn man die Verständigung suchte.

Den Hintergrund von *Das Haus an der Brücke* bildet Fritz Beers freiwilliger Eintritt in die Tschechoslowakische Auslandsarmee und dessen Motive. In England hatte Beer nach Jahren des Zweifels seinen Austritt aus der KP vollzogen; letzter Anstoß war für ihn der Hitler-Stalin-Pakt vom 23./24. August 1939. Zwar war er danach in bester Gesellschaft mit kommunismus-kritischen Geistern wie zum Beispiel Albin Stübs; allerdings sah er sich ebenso Anfeindungen und Intrigen vormaliger Parteigenossen ausgesetzt. Dies hätte aber kaum die Kriegsteilnahme als bessere Perspektive erscheinen lassen. Ausschlaggebend waren andere Gründe. Fritz Beer wollte mit der Waffe in der Hand nachweisen, wie sehr ein deutscher Jude aus Brünn loyaler tschechoslowakischer Staatsbürger sein konnte. Denn tatsächlich sahen sich Deutschmährer und Deutschböhmen dem absurden Generalverdacht mancher Tschechen ausgesetzt, sie alle seien verkappte sudetendeutsche Hitleranhänger, was von der Agentenhysterie in Großbritannien sicher noch befördert wurde. Allerdings gab es natürlich schon in der Ersten Tschechoslowakischen Republik ethnische Spannungen, die – wie sich später erwies – in der erbitterten Diskussion um die Zukunft von Deutschen in der Nachkriegstschechoslowakei münden würden. Das stand allerdings 1940 noch kaum zur Debatte, aber sicher ist, daß Fritz Beer ein Zeichen setzen wollte. Später, 1943, schrieb er ein Programm Zur demokrati-

SCHEN UM-ERZIEHUNG DER DEUTSCHEN IN DER CSR. 1940 wollte er Hitler nicht nur als Journalist und Autor vom Schreibtisch aus bekämpfen, sondern auch als Soldat; ähnliche Impulse, für eine gerechte Sache zu kämpfen, hatten ihn schon 1936 zu verwegenen Plänen getrieben: Während seines Grundwehrdienstes in der Tschechoslowakischen Armee hatte er desertieren und sich im Spanischen Bürgerkrieg auf die Seite der Internationalen Brigaden schlagen wollen.[3]

Andere Autoren beschränkten sich nach 1940 darauf, ihre Figuren in Widerstandsromanen in den Krieg zu schicken.[4] Allerdings hatte eine Reihe von Intellektuellen erwogen, sich den tschechoslowakischen Truppen anzuschließen. Das gilt für Golo Mann – vermutlich aus Dankesschuld gegenüber dem Land, das seiner Familie Staatsbürgerschaft gewährt hatte –, der aber, kaum in Frankreich, als feindlicher Ausländer interniert wurde; für den jedoch »kriegsuntauglichen« Franz Werfel und für Friedrich Torberg[5], der dann sogar zum Offizier avancierte, jedoch wegen Herzproblemen im Mai 1940 ausschied. Bei der Tschechoslowakischen Auslandsarmee handelte es sich um eine exotische Truppe, die selbst den französischen Verbündeten so wenig etwas sagte, wie sie heute noch allgemein ein Begriff ist. Sie wurde seit September 1939 bei Agde – zwischen Narbonne und Béziers an der Mittelmeerküste – und im Hinterland aufgestellt. Neben militärischen Laien – im Lande lebenden Zivilisten tschechoslowakischer Herkunft – umfaßte sie Veteranen des Ersten Weltkriegs, geflohene Teile der kampflos aufgelösten tschechoslowakischen Streitkräfte oder Soldaten, die – wie Fritz Beer – in der ČSR die obligatorische Militärzeit durchlaufen hatten. Er stieß mit den anderen Freiwilligen aus England (114 Mann) zur Truppe: deutschsprachigen Sozialdemokraten, die 1938 aus den nordböhmischen Gebieten hatten fliehen müssen, (weiteren) Juden und Tschechoslowaken.

Zwei Infanterieregimenter, 5200 Mann, wurden aufgestellt. Fritz Beers Einheit, das 1. Regiment unter General Kratochvíl, Teil der 23. französischen Division, besetzte Mitte Juni 1940

Stellungen im Raum Boissy, Coulommiers und Mouvaux, wurde dann jedoch verlegt, um den französischen Rückzug zu decken. Als sie bei Montreaux, an der Seine, und dann bei Gien, 100 km südlich von Paris an der Loire, auf die Deutschen traf, erwies sich, daß die Auslandsarmee allenfalls symbolischen Wert hatte. Beer, der als Munitionslastwagenfahrer eingesetzt war, verlor bei Gien seine Kompanie. Schließlich erreichte er eher zufällig den Sammelplatz der Reste der Auslandsarmee bei Narbonne. Beunruhigt von Gerüchten über deren Zukunft – Auslieferung an Hitler, Internierung, KZ – erwog er die Flucht nach Spanien. Tschechische Exilpolitiker nutzten das Machtvakuum in Südfrankreich jedoch zu Geheimverhandlungen mit den Franzosen und erreichten so die Evakuierung auf ägyptischen Schiffen. An Bord kam es zu einem brisanten Vorfall, bei dem Fritz Beer – trotz seiner Loyalität zur ČSR – wegen seines Bekenntnisses zur deutschen Nationalität verunglimpft, geschlagen und bedroht wurde, nachts über Bord geschmissen zu werden. Nach der Landung in Liverpool wurde die Auslandsarmee in »Cholmondeley Park«, sprich: *Chomley,* einem Zeltlager bei Chester, untergebracht, wo die nationalen Konflikte und politischen Gegensätze eine ständige Quelle von Spannungen waren. 1943 wurde aus diesen Truppen, nunmehr in Leamington Spa, und einem aus dem Nahen Osten verlegten Regiment die *Čechoslovenská samostaná obrněná brigadá* (Unabhängige Tschechoslowakische Panzerbrigade) unter General Liška gebildet. Im August 1944 wurde deren Gros, 4259 Soldaten, in der Normandie im Küstenbereich und als Geleitschutz für den Nachschub nach Brüssel eingesetzt. Im Oktober löste sie britische und kanadische Truppen bei der Belagerung von Dünkirchen ab, wo sich rund 13 000 deutsche Soldaten verschanzt hatten – Hintergrund zu Beers Erzählung EIN LANGER TAG.

Die hier gesammelten Erzähltexte wurden bisher nur teilweise – 2002 in *Kaddisch für meinen Vater* – wiederveröffentlicht. Sie sind schon bald nach den Vorgängen selbst entstanden und beruhen wesentlich auf eigenen Kriegserfahrungen. Bereits während der Kriegszeit konnte Fritz Beer mit einzelnen Publikationen an seine früheren Erfolge als Journalist und Erzähler noch in Prag anknüpfen: Der namhafte englische Dichter John Lehman hatte Beers Kriegserzählung RETREAT IN FRANCE in seiner Anthologie *New Writing* (1942) berücksichtigt; der deutsche PEN-Club im Exil trug ihm die Mitgliedschaft an. IM MORGENGRAUEN war anläßlich eines Preisausschreibens der wichtigen Londoner deutschsprachigen *Zeitung* entstanden, erhielt den ersten Preis und wurde am 15. Juli 1941 unter dem Pseudonym *Albrecht Laufer* abgedruckt; eine englische Fassung erschien 1942.

Bei Fritz Beers Erzählungen handelt sich also um deutschsprachige Exilliteratur im engeren Sinne, und es mag sein, daß auch die Nicht-Aufnahme in deren frühe Bestandsaufnahmen[6] verhindert hat, daß Beers Name seinen festen Platz in den Literaturgeschichten erhielt.

Die hier gesammelten Erzählungen spielen in drei zeitlichen Abschnitten: im Jahr 1940 in Südfrankreich, während des *Drôle de guerre,* bei Agde und in der Auvriac, einem Hochplateau im Hinterland; danach an der zusammenbrechenden Loire-Front und auf der Flucht; schließlich nach der alliierten Invasion, zwischen dem August 1944 und dem Kriegsende.

Ausnahmen sind IM MORGENGRAUEN, zeitlich anzusiedeln nach der Bombardierung von Coventry vom 14. November 1940, unweit der tschechoslowakischen Unterkünfte, sowie LÜCKEN ZWISCHEN DEN NAMEN, nach der Rückkehr der siegreichen Truppen nach England, 1945.

Ist Fritz Beers *Haus an der Brücke* überhaupt ein »Kriegsbuch«, fragt der Verleger Karl Anders und beantwortet das auf dem Klappentext so: »Ja, denn der Krieg bildet den Hintergrund dieser ergreifenden und besinnlichen Geschichten. Nein, denn im Mittelpunkt steht nicht die Furie des Krieges, sondern der Mensch …« Keine Frage, Fritz Beer geht es nicht um Kampfhandlungen und Greuel, wie er sie durchaus kennengelernt hatte: »Ich habe als Freiwilliger in der tschechoslowakischen Armee fünf Jahre lang alles Kriegsgrauen miterlebt. Meine Nase riecht noch heute die Verwesung unbeerdigter französischer und deutscher Soldatenleichen.«[7]

Fritz Beers Erzähltexte liegen insgesamt nur auf den ersten Blick ganz im Trend ihrer Zeit. So unterscheiden sie sich schon von Versuchen über den Krieg, wie sie nach 1945 andere Exilschriftsteller aus einer Perspektive außerhalb der deutschen Wehrmacht, außerhalb von eigenen Fronterfahrungen im Zweiten Weltkrieg geschaffen haben – so von Thedor Plieviers berühmter Trilogie, deren erster Band, *Stalingrad,* der 1945 ein enormes Echo fand, dabei auf Interviews mit Kriegsgefangenen zurückging.

Daneben suchte sich eine Reihe von Deutschen, die den Krieg in der Wehrmacht und den Nationalsozialismus miterlebt hatten, ihren Weg, als Schriftsteller damit umzugehen – am radikalsten im Werk von Gert Ledig (*Die Stalinorgel,* 1955). Etliche andere Bücher, Gedichte, Anthologien, Novellen, Erzählungen von Alfred Andersch, Albrecht Goes, Josef W(ilhelm) Janker, Wolfgang Borchert, Walter Kolbenhoff usw. wären zu nennen. Hier ist folglich schon die Ausgangslage anders: Hier steht das Dilemma, Teil der Maschinerie eines Unrechtsstaats gewesen zu sein, eine Art Verstrickung, eine unbehagliche Position zwischen Täterrolle (als Soldat) und – sofern man darauf hinaus wollte – der eines »Opfers« (der Politik, des Kriegsgegners).

Fritz Beer hätte sich mit Blick auf seine Rolle beruhigt zurücklehnen dürfen: Er war nicht nur auf der Seite der Sieger, sondern zugleich einer unbestritten »gerechten Sache« verpflichtet, ein »Guter« also; er hätte sich zudem als ein Gegner des Kommunismus im Westen profilieren können.

Aber gerade solchen Opportunismus und solche Bequemlichkeit gesteht sich der Autor nicht zu; dieses Schwarz-Weiß-Denken wird in seinen Erzähltexten aufgebrochen und eine Welt eröffnet, in der es um zeitlos gültige Fragen geht, um persönliche Verantwortung, um den Spielraum zu Entscheidungen, die anfechtbar sein können. Dabei geht es nicht immer nur um Leben und Tod (wie in Im Morgengrauen oder Ein langer Tag); Anstand und Verrohung erweisen sich schon im Kleinen, so in der Erniedrigung ausgerechnet der jungen Waschfrau Rosette, die sich über trennende Schranken hinweggesetzt und menschliche Nähe gezeigt hat.

Ich erinnere mich an etwas, das Fritz Beer für sich zum moralischen Maßstab gemacht hatte: das In-den-Spiegel-schauen-Können, *Ja* sagen zu können, zu dem, wie man sich verhalten hat, ohne Scham sich selbst gegenüberzustehen. Niemandem gelingt das voll und ganz und jederzeit. Aber ich zweifle nicht, daß dieses Ethos für Beer prägend war, auch für das, was er anderen abverlangte im Streit für Humanität und Gerechtigkeit, für Versöhnung und Menschenwürde.

Diesem Anspruch ist auch seine Figur Martin ausgesetzt, und es bewegt, wie sie mit sich ins Gericht geht. Am Ende der Erzählung Der farbige Soldat steht ein Verrat, nicht groß, eine Lappalie angesichts von Weltverbrechen; eine Wiederholung einer Ausgrenzung des Schwarzen, wie zuvor durch die Franzosen auf der überfluteten Straße, wo auch ein Hauch von Rassismus mitschwingt, der an der Haltung des einzigen Aufrechten zerbricht. Aber wie dann Martins Verrat am Gefährten in Gang gesetzt wird, wie die Möglichkeit, Kameradschaft zu wahren, im Raum steht und dann schnöde vertan wird – das ist wie zum Greifen beschrieben, in einer kaum erträglichen Anspannung, wir sehen das kommen, es läßt nicht kalt, es ist unglaublich wahrhaftig. Es ist ein schlichter Satz, in dem alles beschlossen liegt: »Ich schämte mich.«

Hier geht es um persönliche Verantwortlichkeit – und um das Bekenntnis dazu, ein klares Eingeständnis. Mit Blick auf die Hunderttausenden Täter und Mittäter, ganz anders schuldig geworden, scheint das ein seltener, ein besonderer Satz zu sein, in seiner Eindeutigkeit, seinem ohne Wenn und Aber, im Jahr 1949.

Ein Photo, das um die Welt ging. Der gebürtige Ungar Robert Capa nahm es am 8. August 1945 in Chartres auf. Ein Volksauflauf. Alle Blicke bis auf zwei Augenpaare sind auf eine Person gerichtet, eine ziemlich junge Frau, in Weiß, auf dem Arm trägt sie ein Kind. Ein Gendarm tritt ihr nahe, er ist kein Schutzmann in dieser Situation, auch er scheint sie zu verhöhnen. Zwei Meter voraus geht ein Mann, wahrscheinlich ihr Vater, mit Baskenmütze, mit sehr großen Schritten (will er schnell weg aus dieser Lage; will er möglichst viel Abstand zwischen sich und seine verachtete, angepöbelte Tochter bringen?), ernst, den Blick gesenkt. Die Frau hat keine Haare.

Menschen als Gespött der Volksmenge, geifernde Schaulustige, das hatte es schon im Dritten Reich gegeben, und in diesem Photo aus Nachkriegsfrankreich liegt eine menschliche Tragik, die damals vielleicht nicht allgemein empfunden worden ist. Dieses Erbe der Kriegsjahre: die Situation von Frauen, die Liebschaften mit deutschen Besatzern hatten, die Rolle ihrer Kinder, dieses traurige Kapitel wurde mitgenommen in die Nachkriegszeit, überall dort, wo es Besatzer gegeben hatte, in der Literatur eindrucksvoll und unerwünscht zur Sprache gebracht zum Beispiel vom großen norwegischen Autor Jens Bjørneboe im Roman *Jonas* – das war 1955. Fritz Beer legt in DIE HEIMKEHR schon 1949 den Finger in diese Wunde; in Frankreich wäre das wahrscheinlich nicht leicht vorstellbar gewesen, und einige Tabus – die Bereitschaft zur Kollaboration mit den Deutschen; die Helfershelfer-Rolle bei der Deportation der Juden; die Rolle als Kolonialmacht – wühlen noch Jahrzehnte später die französische Gesellschaft auf.

Ein Pendant zu den beiden Erzählungen von Fritz Beer, die das Thema Kollaboration beziehungsweise die »Fraternisierung«, das »Einlassen« auf den Feind, streifen, hat Jean Marcel Bruller geschrieben, der unter dem Pseudonym Vercors berühmt wurde.[8] Vercors, das war das Gebirge und Rückzugsgebiet der Résistance; und als deren Mitglied gründete er 1942 im Untergrund die *Éditions de Minuit,* »in denen große Schriftsteller wie Mauriac und Vercors zum französischen Volk sprachen und dabei literarische Meisterwerke vollbrachten, wie dies etwa Vercors' Novelle *Das Schweigen des Meeres* bezeugt«[9] (so Alfred Andersch). Ein Meisterwerk? In dem einen Sinne sicherlich: ein wirksames Buch, wirkungsmächtig über den Krieg hinaus in der Verfilmung von Jean-Pierre Melville von 1949, die im wesentlichen ein oft beklemmendes Kammerspiel ist: Ein deutscher Offizier, Werner von Ebrennac, mit hugenottischen Wurzeln, eigentlich Komponist, nimmt Quartier bei einem französischen Alten, dem Ich-Erzähler, und dessen junger Nichte. Sie begegnen ihm schweigend; er tritt in ihre Zweisamkeit mit langen Monologen, die Mitteilung, Selbstversicherung, Ritual und einem durch Deutschland wiedererweckten kulturell blühenden Frankreich verpflichtet sind. Nach einem Parisaufenthalt erkennt der Idealist seine Illusionen: seine Offizierskollegen erheben die Zerschlagung Frankreichs und seiner kulturellen Werte zynisch zum Programm. Aller scheinbare Respekt der Besatzer gegenüber den Franzosen, so eröffnet Ebrennac verzweifelt seinen Gastgebern, sei nichts als hinterlistige Propaganda. Er sucht seinen Notausgang und läßt sich an die Ostfront versetzen – ein Himmelfahrtskommando.

Ein durchwachsenes und sogar ein in mancherlei Hinsicht bedenkliches Buch: Kein Wunder, daß es in Frankreich dankbar aufgenommen wurde, gerade nach dem Krieg. Französisch betrachtet: patriotische Standhaftigkeit, die immerhin ehrenwerte, edle menschliche Regungen kennt, jedoch unterdrückt.[10]

Und mit deutschem Blick: Ein Deutscher, der, militärischen Zwängen unterworfen, doch anständig geblieben ist, gebildet, ein Ehrenmann, offenbar unbeteiligt an Verbrechen (Melvilles filmische Deutung macht ihn gar zum einzig Aufbegehrenden gegen Judenmord in einer widerlichen Offiziersclique), womöglich kriegsversehrt: steifes Bein, frankophil, zugleich im Bewußtsein um die große deutsche Kultur: Bach, das mittelalterliche Prag.

Ausgerechnet sein Gastgeber wider Willen beschreibt den ersten Eindruck so: »Gott sei Dank, er sieht anständig aus«. Der anständige, anständig gebliebene Deutsche also, der sich später von den »fanatischen Teufeln« lossagt.

Beide Identifikationsangebote sind fragwürdig: Bei aufmerksamer Lektüre der Novelle wird klar, daß der deutsche Offizier bedenklich ideologisch geprägt ist; sein deutsches Sendungsbewußtsein, ein fürchterliches Geschwafel, ist penetrant, der Führungsanspruch Deutschlands unübersehbar, Frankreich sei erschlafft, degeneriert, des großen Bruders bedürftig, der Führer habe »die höchsten und edelsten Absichten«[11].

Und die Rolle der Franzosen: Eine Rolle. Ein Lehrstück. Ein Kodex. Wie verhalte ich mich gegenüber dem Feind, und gibt er sich noch so frankophil. Werner von Ebrennac wird zuletzt zum Kronzeugen gegen das Besatzungsregime; das ist genau komponiert und widerlegt geschickt Argumentationslinien, wie sie französische Kollaborateure im Streit der Propaganda ins Feld führten. Das ihm imponierende »Schweigen Frankreichs [zu] besiegen«, mißlingt Werner von Ebrennac zuvor.

Auch in Fritz Beers EINFACHE LEUTE wird diese patriotische Haltung erprobt: »Wenn sie fragten, sagten wir Ja oder Nein und kein Wort mehr. Wenn sie in die Stube kamen, schwiegen wir. [...] Wir antworteten nicht einmal, wenn sie Gute Nacht sagten.« Sie zerbricht an menschlicher Nähe, an der Überwindung von Feindbildern, »So begann das Ende unseres Schweigens«, das Ende also jenes »Schweigen des Meeres«, auf dessen quasi-Unmöglichkeit schon Sartre hingewiesen hatte.[12] Dennoch stellt die französisch-flämische Familie eine patriotische Standhaftigkeit unter Beweis. Die Erzählung zeigt jedoch Mechanismen der Stigmatisierung, das verlogene Schlüpfen in die Rolle der immer schon Widerständigen, eine verbreitete Spielart des Opportunismus. Und wo beginnt Kollaboration, wo endet sie? Jean-Paul Sartre hat in seiner Schrift WAS IST EIN KOLLABORATEUR[13] keine Fälle wie diesen von Fritz Beer überlieferten diskutiert: »»Weißt Du, Soldat‹, sagte mir eine junge

Landarbeiterin, ›wenn man Hunger hatte, war es schwer, nicht für die Deutschen zu arbeiten, am Festungsbau oder in ihren Kasernen. Jetzt nennt man das Verrat. Aber die Unternehmer, die sich am Festungsbau krumm verdienten, gelten als Widerstandskämpfer, weil sie angeblich viel Sand in den Beton mischten, um die Befestigungen zu schwächen. Jetzt sind sie reich und geehrt, und wir sind arm und verachtet.‹«[14]

Wie sehr sich das Verhalten vieler Franzosen von Widerstand unterschied, wie sehr die deutschen Besatzer durchaus beeindruckten, wie sehr der deutsche Antisemitismus in Frankreich ein Echo fand, wie viel anti-demokratisches und fremdenfeindliches Potential zum Vorschein kam, kann man schon in Zeugnissen deutschsprachiger Emigranten nachlesen[15], lange vor den Forschungen über die Rolle bei der Deportation von Juden oder die Kollaboration.

Und die Deutschen? Fritz Beer stellt zwar wie Vercors auch bedingt »anständige« Deutsche vor, solche über die Sartre schreibt: »… nein, die Deutschen liefen nicht mit der Waffe in der Faust durch die Straßen […] sie traten schüchtern auf, schüchtern und bemüht, aus Disziplin; manchmal bekundeten sie sogar einen naiven guten Willen, der ungenutzt blieb«. Aber Fritz Beer führt – wie Sartre – unterschiedliche Deutsche vor. Die Rechtfertigungsversuche eines einfachen Soldaten in EIN LANGER TAG, der sich von persönlicher Verantwortung freisprechen will, ein Wegschauer und Mitläufer ist – sie sind nicht sehr schmeichelhaft.[16] Fritz Beer kannte solche Argumentationen aus Verhören, aus seinen Einsätzen als »Umerzieher« von deutschen Kriegsgefangenen in britischen POW-Lagern und als Journalist, der Nachkriegsdeutschland bereiste. Die Berichte des Deserteurs legen auch die brisante Verstrickung der Wehrmacht in den Judenmord nahe, Taten, die jahrzehntelang in Deutschland verharmlost wurden. Hier – wie auch in IM MORGENGRAUEN (Morde an polnischen Zivilisten durch Wehrmacht) oder EIN ABEND IN PARIS (Verhaftungen; Hinrichtung; Gewalt)

– werden von Augenzeugen deutsche Verbrechen (»Judenerschießung«, Ermordung verwundeter Kriegsgefangener) unmißver-
ständlich zur Sprache gebracht. Beer macht es seinen damaligen
deutschen Lesern nicht einfach, er bietet keine wirkliche Identi-
fikationsfigur, jedenfalls keine deutsche – dafür jede Menge
unbequeme Denkanstöße.

Fritz Beers Erzählungen, diese Anfragen an die eigene Rolle
und an die Geschichtsklitterung, die sich da schon formierte,
sind europäische Geschichten: nach einem Krieg, der hier weniger als der von Siegern und Besiegten verstanden wird, sondern übergreifend als eine Geschichte von Verlusten, von Ver-
lierern, die Trost, die Sinn suchen, hier wie dort.

Auch in seiner tschechoslowakischen einstigen Heimat
prallten nach 1945 Täter und Opfer, angebliche oder tatsächliche Widerständige und vermeintliche oder wirkliche Kollaborateure konfliktreich aufeinander. Bald waren es gerade die-
jenigen, die wie Fritz Beer an der Seite westlicher Armeen für
ihre Heimat gekämpft hatten, die verdächtigt wurden. Die sich
absurden Vorwürfen von Agententum gegenübersahen, die, als
Juden, wieder zur Zielscheibe, nun des »Antizionismus«, wurden, eine Reihe von ihnen in Folge der Slánský-Prozesse 1952
hingerichtet oder zur Zwangsarbeit verurteilt.[17] Die unglück-
selige Dynamik des unbewältigten Kriegs setzte sich an den Fron-
ten des Kalten Kriegs jahrzehntelang fort.

Fritz Beer, der bei einer durchaus erwogenen Remigration
in die Tschechoslowakei seines Lebens nicht lange sicher gewesen wäre, hatte sich früh entschieden: für eine Wahrhaftigkeit
und die Absage an Ideologien, wie sie aus seinen frühen Erfahrungen der politischen Manipulation gereift waren; für eine
Versöhnung, die er sich hart abringen mußte: Angesichts der
ersten Bilder von Leichenbergen in den befreiten Konzentrati-
onslagern – unter denen gewissermaßen die meisten seiner Fa-
milienangehörigen lagen[18] – drohte ihn der Haß auf ein Deutschland zu übermannen, für das er – so paradox das klingt – mit

der Waffe eingetreten war. Denn er hatte nicht gegen Deutschland, sondern gegen Hitler gekämpft. Für jenes Deutschland also, das er von den Nazis unterdrückt glaubte. War das alles ein Irrtum? War jenes »Andere Deutschland« ein Wunschtraum, mehr nicht? Die Wahrheit: doch nichts als Auschwitz? Ein Volk von Tätern? Hitlers willige Vollstrecker?

Als Fritz Beer sich schließlich entschied, wußte er, daß er es mit einem Volk zu tun hatte, das in seiner Mehrheit aus Tätern, aus Mitläufern, aus Wegschauern, aus Teilnahmslosen bestand: »Jeder erwachsene Mann, dem ich begegnete, konnte ein Mörder sein.«[19] Umso bemerkenswerter sein Entschluß vor der ersten, schweren Rückkehr nach Deutschland, 1946: »Wie schwer es auch manchmal sein wird – ich muß für die Aussöhnung zwischen Juden und Deutschen eintreten, damit es so etwas nie wieder gibt. Nur das hat Sinn.« Die Schwierigkeit, mit den Verlusten umzugehen, zu einem Neuanfang zu finden, die unendliche Mühe, dem Feind zu vergeben, die Hindernisse, die der Versöhnung im Wege sind – all das ist in diesen Erzählungen ausgedrückt, man denke nur an EIN ABEND IN PARIS.

Fritz Beer entzieht sich mit seiner Biographie gängigen Schubladen. Sein Schreiben vollzog sich außerhalb Deutschlands, parallel zu einer Neuorientierung zumindest der europäischen Literaturen, die nach ihrem Platz suchten. »Deutsche Literatur in der Entscheidung« hat Alfred Andersch 1948 diesen vorübergehenden Prozeß für die deutsche Literatur verortet und mit seinem programmatischen Essay die verschiedensten Richtungen wertend umrissen, denkbare Wege und seine Erwartungen aufgezeigt. Das war nur eine Stimme inmitten zahlloser Essays in Zeitschriften und einer Vielzahl von Reden auf teilweise kontroversen Schriftstellerkongressen, die oft in Konkurrenz zueinander standen. Während diese Prozesse noch in vollem Gange waren, hatte Beer einige, vermutlich sogar die meisten dieser Erzählungen bereits geschrieben. Etwas, was Andersch der deutschen Literatur empfahl, »das Aneignen ausländischer

Einflüsse zu ihrem Nutzen«[20], den Blick über den Tellerrand (von dem er selbst als Kriegsgefangener in den USA ausgiebig profitiert hatte) – ein Ansatz, der natürlich bereits im Exil mit der »Sammlung« demokratischer europäischer Schriftsteller von Klaus Mann vorgelebt worden war –, kann für Beer, der in England lebte und zudem Französisch beherrschte, ohnehin vorausgesetzt werden. In dieser Hinsicht hatte er einen Vorsprung gegenüber gleichaltrigen deutschen Autoren, die während der NS-Zeit zum Gutteil hermetisch abgeschnitten waren von der modernen Weltliteratur wie auch der Exilliteratur.

Beers Kurzgeschichten haben alle Qualitäten der anglo-amerikanischen *short story,* die in den vierziger Jahren bestimmend wurde; ein typischer Kunstgriff ist dabei die überraschende Pointe (wie in DER BEWEIS; DIE HEIMKEHR), der offene Schluß, der nicht losläßt, der mit unbehaglichen Fragen zurückläßt wie in IM MORGENGRAUEN; zu dieser Erzählung gibt erst EIN LANGER TAG einen zusätzlichen Hinweis, daß hier nicht doch ein Racheakt an einem Gefangenen verübt wurde.[21]

Bei seinen frühen, prägenden Lektüren – so, heimlich: Ignazio Silones *Brot und Wein,* Mitte der dreißiger Jahre in Prag für einen Kommunisten heikel-ketzerisch – waren Motive seines Schreibens vorweggenommen: der Mensch in der Entscheidung, seinem Individualismus, seinen Überzeugungen, seinem Gewissen, seinen Zweifeln, seiner Verantwortung verpflichtet. Fritz Beers unheroische Kriegserzählungen erinnern auch an einen weiteren wegweisenden Autor der Moderne: ausgerechnet an Louis-Ferdinand Céline, der sich später als krankhafter Antisemit und Hitler-Anhänger erwies, und dessen erste Übersetzungen ins Deutsche in der ČSR erfolgt waren (*Reise ans Ende der Nacht,* 1933; *Tod auf Borg,* 1937[22]). In *Reise ans Ende der Nacht* beschreibt er Alltagssituationen hinter der Front des Ersten Weltkriegs. In Zeiten bahnbrechender existentialistischer Positionierungen – bei Sartre und Camus und anderen – hatte Fritz Beer auf der Schwelle zur europäischen Nachkriegsliteratur vieles von dieser Moderne bereits mit seiner Prosa vorweggenommen; er schreibt auf der Höhe seiner Zeit oder ist ihr sogar voraus. So sehr, daß ein Kritiker, selbst anerkannter Autor, 2003 nach der Lektüre einzelner dieser Texte staunend befand: »Der Sammelband ›Kaddisch für meinen Vater‹ stellt Beer aber nicht nur als scharfsichtigen Essayisten, sondern auch als glänzenden Erzähler vor. Man kann sich nur wundern, dass seine Kriegsnovellen, die er 1949 unter dem Titel ›Das Haus an der Brücke‹ veröffentlichte, nicht zu Klassikern wurden. Mit wenigen Strichen skizziert Beer da ausweglose Situationen, in denen sich der Einzelne als Wesen mit einem freien Willen zu bewähren hat: atmosphärisch dichte, perfekt gebaute Kurzprosa.«[23]

Wien, im Juli 2011
Christoph Haacker

Anmerkungen zum Nachwort

1   Fritz Beer: *Hast Du auf Deutsche geschossen, Grandpa? Fragmente einer Lebensgeschichte.* Berlin/Weimar: Aufbau, 1992.

2   So im Untertitel der wichtigen deutschsprachigen Londoner Exilzeitschrift *Einheit: A Sudetengerman Antifascist Fortnightly.*

3   Fritz Beers damalige Wandlung vom Pazifisten zum Befürworter eines »gerechten« Kriegs – mit der Teilnahme daran als Konsequenz – ist u. a. Gegenstand seines Beitrags »Kann Sprache schuldig sein?« zu einer PEN-Debatte, Mai 1994. Vgl. Ders.: *Kaddisch für meinen Vater. Essays, Erinnerungen, Erzählungen.* Wuppertal: Arco, 2002. S. 115–119.

4   Das auch Thema eines Vortrags des Herausgebers, »Funktion und Struktur des Widerstandsromans des Exils am Beispiel der Darstellung des Untergrunds im Protektorat Böhmen und Mähren«, Jahrestagung der Gesellschaft für Exilforschung, Dortmund, 2007.

5   Vgl. Urs Bitterli: *Golo Mann. Instanz und Außenseiter. Eine Biographie.* Reinbek: Rowohlt, 2005. S. 82; Peter Stephan Jungk: *Franz Werfel. Eine Lebensgeschichte.* Frankfurt a. M.: Fischer, 2001. S. 269; David Axmann: *Friedrich Torberg. Die Biographie.* München: Langen Müller, 2008. S. 123f.

6   Das gilt für: F. C. Weiskopf: *Unter fremden Himmeln. Ein Abriß der deutschen Literatur im Exil 1933–1947.* Berlin: Dietz, 1947; Afred Kantorowicz/Richard Drews (Hrsg.): *Verboten und verbrannt. Deutsche Literatur – 12 Jahre unterdrückt.* Berlin: Ullstein / München: Kindler, 1947; Walter A. Berendsohn: *Die humanistische Front.* Zürich: Europa Verlag, 1946. Es darf dabei spekuliert werden, ob ein verdienstvoller Chronist der Exilliteratur wie F. C. Weiskopf, der selbst Ausgefallenes erfaßte und gerade in England viele Zuarbeiter hatte, den Namen seines einstigen Redakteurs bei der *Arbeiter-Illustrierte-Zeitung* in Prag nach dessen Abfall vom Kommunismus bewußt unter den Tisch fallen ließ. In anderen Fällen – Gustav Regler, B. v. Brentano, Grete v. Urbanitzky, Ernst Glaeser, Josef Breitbach – nutzte Weiskopf seine Publikation zur Bloßstellung als »schwarze Schafe, schwankende Gestalten und Deserteure«. (S. 16ff.) Wilhelm Sternfeld, Fritz Beers enger Freund, berücksichtigte ihn dagegen in seinem späteren Standardwerk: Wilhelm Sternfeld/Eva Tiedemann: *Deutsche Exilliteratur 1933–1945. Eine Bio-Bibliographie*, Vorwort von H. W. Eppelsheimer, Heidelberg /Darmstadt: Lambert Schneider, 1962.

7   Vgl. Fritz Beer: »Kann Sprache schuldig sein?« In: *Kaddisch*, S. 115–119. Zitat auf S. 119.

8   In einer Rede von 1997 »Wer lange am Ufer des Flusses sitzt« bezieht sich Beer auf Vercors; es darf angenommen werden, daß er dessen Werk bereits vor 1949 kannte. Vgl. *Kaddisch,* S. 191–201; s. S. 195.

9   Alfred Andersch. *Deutsche Literatur in der Entscheidung. Ein Beitrag zur Analyse der literarischen Situation.* (1948) Zitiert nach: *Das Alfred-Andersch-Lesebuch.* Hrsg. von Gerd Haffmanns. Zürich, Diogenes, 1979. S. 121.

10   Um Vercors gerecht zu werden, sei daran erinnert, daß er sich nach dem Krieg keineswegs an der Schwarz-Weiß-Malerei beteiligte und, ganz im Gegenteil, Franzosen vorwarf, Profiteure der Judenverfolgung zu sein und jüdischen Remigranten die Vergasung zu wünschen, um ihre Beute zu verteidigen. Vgl. Ders: »Rede an die Amerikaner«. In: Alfred Andersch (Hrsg.): *Europäische Avantgarde.* Frankfurt a. M.: Verlag der Frankfurter Hefte, 1949. S. 39–54.

11   Zitiert nach Vercors: *Das Schweigen.* Aus dem Französischen von Josef Ziwutschka. Innsbruck/Wien: Margarete Friedrich Rohrer Verlag, 1947. S. 44. Bei einer eindrucksvollen Szene, als von Ebrennac Macbeth zitiert, liegt es nahe, den »geheimen Mord, der an seinen Fingern klebt«, auf Hitler zu beziehen; ein Mißverständnis, das auch dem französischen Gastgeber unterläuft; gemeint ist jedoch: Pétain! – der »Führer, der nicht mehr die Liebe seiner Leute besitzt« (im Unterschied zu Hitler?) – vgl. ebd. S. 46f.

12   Sartre schreibt dazu: »Wir riefen uns die Parole ins Gedächtnis, die wir uns ein für allemal gegeben hatten: nie das Wort an sie richten. Doch zur gleichen Zeit erwachte angesichts dieser verwirrten Soldaten eine alte Hilfsbereitschaft ins uns […] gebot, einen Menschen nicht in Not zu lassen. Dann entschied man je nach Laune und Gelegenheit […] und in beiden Fällen ging man, mit sich selbst unzufrieden, weg.« Vgl. J. P. Sartre: »Paris unter der Besatzung« (November 1944). In Ders.: *Paris unter der Besatzung. Artikel, Reportagen, Aufsätze.* Hrsg., übersetzt und mit einem Nachwort von Hanns Grössel. Reinbek: Rowohlt Taschenbuchverlag, 1980. S. 42.

13   J. P. Sartre: »Was ist ein Kollaborateur?« (August/September, 1945). In Ders.: *Paris unter der Besatzung.* S. 60–71.

14   Fritz Beer: »Geteilte Erinnerung«, Rede auf der Tagung des Westdeutschen PEN, Mai 1995. In: *Kaddisch,* S. 166–171. Zitat auf S. 167. Beer berichtet ebenda, wie sehr ihn diese Begegnung prägte: »Man kann das Verhalten eines Menschen nicht in Schwarz oder Weiß zeichnen, lernte ich also, es gibt auch immer eine graue Zone, mal dunkel, mal hell, und nicht immer ergründbar. Diese Erfahrung half mir zu einer verständnisvolleren und vielleicht auch gerechteren Beurteilung der umstrittenen, ungelösten und wohl auch unlösbaren Probleme nach Kriegsende: der Entnazifizierung; der Auseinandersetzung mit dem Stalinismus …«. Dieses Schlüsselerlebnis macht auch deutlich, wie unmittelbar tatsächliche Erfahrungen in Fritz Beers Erzähltexten umgesetzt werden.

15 Stellvertretend seien hier zwei weniger bekannte bemerkenswerte Werke genannt: Salomon Dembitzer: *Visum nach Amerika. Geschichte einer Flucht.* Hrsg. von Ursula Seeber. Bonn: Weidle Verlag, 2009; Artur Rosenberg: *Menschen auf der Strasse. Juni–Juli 1940 in Frankreich.* Wien: Wiener Verlag, 1946. Die Wiederauflage im Arco Verlag ist in Vorbereitung.

16 Klaus Mann beschreibt einen ähnlichen Typus 1945 in seinem »Sind alle Deutschen Nazis?«. Vgl. Ders.: *Auf verlorenem Posten. Aufsätze, Reden, Kritiken 1942–1949.* Hrsg. von Uwe Naumann und Michael Töteberg. Reinbek: Rowohlt Taschenbuchverlag, 1994. S.256–263, siehe S. 257f.

17 Fritz Beer beschäftigt sich mit dieser Zeit u. a. in seinem Buch *Die Zukunft funktioniert noch nicht. Ein Portrait der Tschechoslowakei 1948–1968.* Frankfurt: S. Fischer, 1969.

18 Fritz Beer verlor den Großteil seiner Familie, sein Vater, sein Bruder Hans, seine Schwägerin Ruth wurden im KZ Treblinka ermordet (vgl. den titelgebenden Text KADDISCH FÜR MEINEN VATER); sein Bruder entschied sich 1941 in der Dresdner Haft für die Selbsttötung. Vgl. *Kaddisch*, S. 10.

19 Dieses und das folgende Zitat vgl. Beer: *Kaddisch*, S. 374.

20 Alfred Andersch. *Deutsche Literatur in der Entscheidung*, a. a. O., S. 130.

21 Martin argumentiert gegenüber seinem Vorgesetzten Jan, vermutlich identisch mit der Figur des Janda, zugunsten einer Verschonung des Gefangenen: »Du hast schon einmal so geredet. Und dann hast du doch anders gehandelt.« (vgl. S. 128). Eine Veröffentlichung von IM MORGENGRAUEN wäre 1941 unterblieben, wenn hier eindeutig ein Kriegsgefangener ermordet worden wäre. Das wäre Wasser auf die Mühlen feindlicher Propaganda gewesen.

22 Beide Bücher erschienen, wie auch Julien Green, im Verlag Julius Kittl Nachfolger in Mährisch Ostrau, der zum Mercy-Konzern gehörte, der auch das berühmte *Prager Tagblatt* und weitere Zeitungen herausbrachte. Für deutschmährische und deutschböhmische, oftmals jüdische Autoren wie Ludwig Winder, Ernst Sommer, Walter Seidl, Friedrich Torberg, Felix Weltsch, Joseph Wechsberg, Karl Tschuppik, Heinz Politzer und dann deutsche Exilliteratur von Ulrich Becher, Alice Berend u. a. war der Verlag bis zu seiner Zerschlagung 1939 eine der wichtigsten Adressen; den NS-Behörden war er als »jüdischer Hetzverlag« ein Dorn im Auge.

23 Karl-Markus Gauß: »Kompromisslos und konziliant. Fritz Beers ›Kaddisch für meinen Vater‹«, *Neue Zürcher Zeitung*, 8. 4. 2003.

EDITORISCHE NOTIZ / TEXTNACHWEISE

Diese Erzählungen sind – außer der letzten – Fritz Beers *Das Haus an der Brücke. Novellen* (Nürnberg: Nest Verlag, 1949) entnommen. Bis auf einzelne Wörter und geringe orthographische Eingriffe folgen sie jener Ausgabe. Auf die Erzählung SENOS TOD wurde hier allerdings verzichtet, weil sie insgesamt qualitativ hinter den übrigen Texten zurückbleibt sowie auch thematisch den Rahmen sprengt.

Mehrere der Erzählungen wurden bereits in Fritz Beers *Kaddisch für meinen Vater. Essays, Erzählungen, Erinnerungen* (Arco Verlag, 2002) aufgenommen. Die reine Notwendigkeit, den Umfang zu begrenzen, hatte uns seinerzeit zur Nichtberücksichtigung zusätzlicher Texte, insbesondere der langen Titelnovelle, bewogen. Wo Erzählungen bereits von uns veröffentlicht wurden, legten wir jetzt den Abdruck letzter Hand, aus *Kaddisch,* zugrunde. Diesem Band ist auch LÜCKEN ZWISCHEN DEN NAMEN (von 2001) entnommen. Dieser Text schließt gut an die Sammlung *Das Haus an der Brücke* an; zusätzliche Kurzgeschichten blieben dagegen unberücksichtigt, weil sie die Geschlossenheit dieses Erzählzyklus verletzt hätten. Sie bleiben dem Neudruck in einem Auswahlband vorbehalten, der an die Stelle von *Kaddisch für meinen Vater* treten könnte und Essays, Erinnerungen, Reden und übrige erzählende Prosa zusammenfaßt.

Das Nachwort zu *Kaddisch für meinen Vater* bietet die zur Zeit ausführlichste Darstellung zu Leben und Werk von Fritz Beer, so daß hier nicht alles erneut zur Sprache gekommen ist; weitere Beiträge des Herausgebers über ihn finden sich u. a. im *Lexikon deutschmährischer Autoren* (Olomouc, 2002) sowie in der bevorstehenden erweiterten Neuausgabe des *Lexikons der deutsch-jüdischen Literatur,* hrsg. von Andreas Kilcher (im J. B. Metzler Verlag).

BILDNACHWEIS

Das als Frontispiz verwendete Photo machte Alisa Douer (Wien) 1991 für ihre Sammlung von Portraits im Band *Die Zeit gibt die Bilder. Schriftsteller, die Österreich zur Heimat hatten* (photographiert von Alisa Douer, hrsg. von Ursula Seeber, Wien: Dokumentationsstelle für Neuere Österreichische Literatur, 1992) bei Fritz Beer in Wimbledon. Wir bedanken uns an dieser Stelle für die freundliche Genehmigung zur Verwendung.

DANKSAGUNG

Verlag und Verleger danken Marie Lachèze – der Tochter von Fritz Beer –, Uwe Westphal, Ursula Seeber (Österreichische Exilbibliothek / Dokumentationsstelle für neuere österreichische Literatur) und Bastian Schneider herzlich für ihre Aufgeschlossenheit und Hilfe.

Bibliografische Information Der Deutschen Bibliothek:
Die Deutsche Bibliothek verzeichnet diese Publikation in der Deutschen
Nationalbibliografie; detaillierte bibliografische Daten sind im Internet
über ‹ http://dnb.ddb.de › abrufbar.

Bibliothek der Böhmischen Länder, Band 10.

© Arco Verlag, 2011
Alle Rechte vorbehalten
Umschlag: Praxis für visuelle Kommunikation, Wuppertal
Ausstattung, Satz: mcgraeff, Luzern
Druck und Bindung: Offset Druckerei Pohland, Augsburg
Printed in Germany
ISBN 978-3-938375-44-0

Arco Verlag GmbH, Krautstraße 64, D-42289 Wuppertal,
Tel.: 0049 (0)202 62 33 82 / Fax: 0049 (0)202 263 40 00
Arco Verlag (Wien), Löwengasse 44/12, A-1030 Wien,
Tel.: 0043 (0)1 715 46 06 / Fax: 0043 (0)1 253 033 300 06
www.arco-verlag.com | service@arco-verlag.com